AF452237

SATYRE MENIPEE,

SVR LES POIGNANTES

Trauerses du Mariage.

PAR LE SIEVR DE COVRVAL

Gentilhomme Virois.

A PARIS,

Chez ROLET BOVTONNE', au Palais,
en la Gallerie des Prisonniers,
prés la Chancellerie.

M. DC. XXI.

Auec Priuilege du Roy.

SATYRE
SVR LES TRAVER-
SES DV MARIAGE.

VSES, qui habités dans l'Antre Pieride,
Rendez libres mes sens, & ma langue
fluide,
Serenez mes Esprits agitez d'vn Procés
Qui de vostre Helicon m'a fait perdre l'accés,
O diuin Apolon, faites moy cette grace,
Que du Pinde Sacré ie reprenne la trace,
Que i'ombrage mon chef d'vn Laurier Immortel,
Et que ie sacrifie à vostre Sainct Autel:
O Phœbus donne moy que ie chante en ces vers
Les malheurs, les ennuis, les accidens diuers
Lesquels vont trauersant ceux qui par Mariage,
Soubs les Loix d'vn Hymen se mettent en seruage:
O rigoureuse Loy! Loy dont la cruauté
A rauy des humains la douce liberté!
Liberté qui nous fait expozer nostre vie
A cent mille perils, crainte d'estre asseruie.

4
Liberté qui nous met le fer dedans la main,
Nous arme de couroux, quand vn Prince inhumain
S'efforce l'opprimer, si que pour la deffendre
On a veu des citez & des villes en cendre:
Et maint Empire encor on à veu malheureux
Pour ceste liberté, qu'on tient fille des Dieux.
Si donc la liberté du Ciel nous est donnee,
Pourquoy l'engageons nous soubs les loix d'Hymenee?
Pourquoy fols insensez voulons nous sans raison
Nous rendre malheureux de nous-mesmes en prison?
Pourqnoy plains de fureur, ainsi que frenetiques,
De nos mains voulons nous nous enferrer de piques;
He! pourquoy voulons nous, stupides indiscrets,
Nous mesmes nous ietter captifs dedans les rets;
Nous forgeons les chainons qui captiuent nostre ame,
Nous allumons le feu qui nostre cœur enflamme,
Nous preparons la glus qui nous vient empestrer,
Et le rets nous tissons qui nous vient enrether:
Nous beuuons l'Aconit & le Napelle blesme
Que nous auons pillé & destrempé nous-mesme:
Nous-mesmes nous dressons les charmes Circeens,
Qui charment nos esprits, & enchantent nos sens
Cycloples malheureux, nous martellons le foudre,
Qui brize nos plaisirs, & les reduit en poudre.
Bref nous sommes autheurs de nos propres malheurs,
Quăd soubs le ioug d'Himen, nous engageõs nos cœurs
O ioug, si cruel ioug, ô ioug plus miserable
Ioug cent fois plus fascheux, & plus insuportable

Que celuy des Forçats, qui de crime entachez
Languissent sans repos, a la rame attachez:
Ioug qui va surpassant les peines iournalieres
Qu'endurent auiourd'huy dans les creuses minieres
Les pauures Indiens, vendans leur liberté
Au Marane Espagnol, qui plain de cruauté
Les contraint iour & nuict, en extreme misere,
De tirer l'or du creux d'vne sombre carierre:
Si quelqu'vn d'eux se plaint soudain au cheualet,
Ses os sont disloquez couplet apres couplet,
Ou bien ils sont contrains d'endurer l'estrapade,
Qui leur destord les bras d'vne rude tirade.
Ces tourmens ne sont rien, ce sont roses & fleurs
Balancez au niueau des seueres rigueurs,
Qui du nopcier Chaos ont prins estre & naissance,
Les foudroyans esclairs ne font tant de nuysance
Aux moissons de Cerés: Les vents plus orageux,
Les Austans empestez ne sont si dangereux,
Et les froids Aquillons ne font tant de dommage
Au fleurs du gay Printemps, comme le Mariage
Faict du mal aux humaïs? Nous cõblant de malheur
Fanissant tout soudain l'esmail des belles fleurs
De nos ans Printaniers, changeant par mainte escorne
Nostre doux Gemini, en vn froid Capricorne,
Nos plaisirs en douleurs, en tristesse nos ris,
Il vient changer fatal, nostre heureux Paradis,
En vn horrible Enfer, vn gouffre de miseres,
Vn deluge d'ennuy, vn foudre de coleres,

a iij

Vn torrent de malheurs, vn Ocean de maux,
Arſenal de chagrin, magazin de trauaux,
Le poinct, le Racourcy, l'Epitome & le centre,
Où les lignes d'ennuis ſe viennent toutes rendre.
Vn Montgibel fumeux de bouillonnans ſouſpirs,
Dont les chaudes vapeurs chaſſent les doux Zephirs
De nos contentemens, pour former vn orage
Lequel va diſſipant les plaiſirs de noſtre aage.
Vn menteur Charlatan qui nous va deceuant
Souz le maſque trompeur de quelque beau ſemblant
Vn cauteleux Aſpic, dont la douce piqueure
Nous endort plaiſamment du ſommeil d'Epicure.
Sommeil voluptueux, dont le triſte reueil
Nous conduit en douleur au funeſte cercueil.
C'eſt l'amer gobelet du fin Apoticaire,
Lequel pour deſguiſer vne Rubarbe amaire,
Où le rude Agaric, couure d'vn ſuccre doux
Le breuuage appreſté, craignant à tous les coux
Que la fiere rigueur de ce faſcheux breuuage
Ne face au languiſſant bien toſt perdre courage :
Mais il n'a pas ſi toſt aualé la liqueur,
Qu'il ſent dans l'eſtomach vn friſonnant horreur.
C'eſt le trompeur flageol du cauteleux Mercure
Qui endort les Argus, plus ſubtils de nature
Par les apas trompeurs d'vn ſon melodieux
Qui charme leurs eſprits, & leur ſille les yeux.
Vn vray faux-monnoyeur qui baille pour monnoye
Vn or adulterè, que pour bon il employe,

Sçachant son faux alloy desguiser dextrement,
D'vn esclatant metail le couurant finement :
Mais ce n'est que billon & pure piperie :
A la touche on cognoist quelle est la tromperie
A la couppe, au cizeau on descouure ce mal,
Et que son or n'est rien qu'vn billonné metal :
De mesme les attraits, que l'Hymen nous presente,
N'est que pour deceuoir d'vn espoir nostre attente.
Les fifres & tambours, & les gays violons,
La Musique, le luth, le bal, & les chansons,
Les flambeaux allumez, les ieux les Mascarades,
Tes folastres bouffons, les ris, & les aubades :
Tous ces vents de plaisirs, sont les auantcouriers
De nos tristes malheurs, & de nos destourbiers.
Tout ce grrnd bruit Nopcier pronostique vn orage
Qui nous va menaßant d'vn estrange rauage :
Ainsi que nous voyons, lors que l'Austre moëteux,
Bourdonne parmy l'air, presager tempesteux,
Vn orage prochain, vne future pluie,
De foudres, & d'esclairs, le plus souuent suyuie :
De mesme ce grand bruit, & murmurant caquet,
Des Parens aßemblés, au nuptial banquet,
Sont les signes certains, & aßeurés augures
Des orages suyuans, & tempestes futures :
Prestes à saccager ses pauures amoureux
Engagez aux filets de ce Dieu captieux
Qui les va repaißant, de souspirs, & de larmes,
Et leur braße à la fin de cruelles alarmes.

Cet Hymen neantmoins, semble vn plaisant Iardin,
Plain de roses, d'œillets, d'odorant Romarin,
Tout bigarré de fleurs de cent couleurs diuerses,
D'incarnat, poupre, vert, iaunes, grises & perses,
Cordé d'vn passement, de crystalains ruisseaux,
Dont le murmure doux, endort les animaux;
Où les mignards Zephirs de leur suaue haleine
Parfument tout le lieu, d'vne odeur souueraine,
Plus douce mille fois, que le musc Indien
L'odoreux ambres-gris, le baume Ægyptien;
En vn mot ce iardin, semble proprement estre
Vn petit racourcy, du Paradis terrestre.
Mais tout incontinent, qu'on s'auance au milieu,
Pour contempler de prés la beauté de ce lieu :
On ne s'aperçoit point qu'entre ces vers fueillages
Ces beaux compartimens & allignez bordages,
Ses ruisseaux argentez, ses roses & ses lys,
Entre l'odeur des fleurs de ce doux Paradis,
Parmy tous ces attraits, & mignardes blandices,
Sont cachez au dessouz d'estranges precipices,
Pleins de charbons picquans, & d'espineux haliers,
Où se perdent d'Hymen : les plus fins Escoliers ;
Lesquels se promenans, dans ces salles plaisantes,
Couuertes à l'entour de fueilles verdoyantes,
Tombent tout aussi tost, dans ces abysmes creux
Pensant cueillir des fleurs, de ce parterre heureux :
Lors ils ont beau crier, secours, misericorde
Ils sont pris tout ainsi, que Renards à la corde.

Ses Mignons frisottez, qui font tant les matois,
A ce piege estant pris sont aux derniers abois
Fussent-ils r'affinez iusqu'au dernier Mercure,
Ils sont contrains en fin, bastir leur sepeulture
Dans ces antres obscurs, où ils sont prisonniers
Et mis entre les mains, de tres-rudes Geoliers.
C'est pour fin vn marché, qui n'a que le front libre
Portant en son abord; pour marques & pour tymbre
Vn Dedale Cretois, plain d'obliques destours,
De Meandreux replis, qui font perdre le cours
Du chemin, qui sembloit à l'abord si facile,
Se monstrant au sortir, fascheux & difficile,
On ne s'en peut tirer, ó trop rigoureux sort !
Que par le dard cruel, de l'indomptable mort;
C'est le seul peloton, le fil & la cordelle
Qui de ce labyrinth, nous passe en la nacelle
Du nautonnier Charon, seul vnique secours
Des pauures mariez, qui languiroient tousiours
Dans le Dedalle obscur du fascheux Mariage,
Qu'on peut plustost nommer, gouffre de malerage.
    C'est pourquoy à bon droit, Hyponacte, disoit
Que deux iours bien-heureux seulement il trouuoit
Souz ce ioug espineux : Le iour des Espouzailles
Et le iour qu'on faisoit les tristes funerailles.
Ces deux fleurs vont naissant, entre milles chardons,
Qui nous vont trauersant de picquans esguillons
Ces roses nous cueillons à trauers tant d'espines,
Que leur plaisante odeur, ne les peut rendre dignes

De tant se trauailler pour en vouloir ioüyr,
Puisqu'auec tant de mal s'en acquiert le plaisir:
Et comme a bien chantè quelque docte Poëte,
Mariage n'est rien qu'vne horible tempeste.
La Grotte Æolienne, Or que des tourbillons,
Ocean de douleurs, grain aux vagues sillons,
Forge de tous ennuys, fusil de toute rage,
Dont s'allume le feu qui nous brulle & saccage.
Non, ce n'est rien qu'vn feu, souz la cendre voillé,
Souz l'aigneau courtisan vn Renard recelé,
Vn borgne-clair-voyant, vn goßeur Harpocrate
Vn charme despitant tous les ius d'Hypocrate,
Vn ris Sardonien, vn fiel Hymeteen,
Vne neige poissorde, vn succre Absinthien,
Vray Courrier d'Atropos, postillon de vieillesse,
Boutique de Pluton, abysme de tristesse,
Canal d'affection, alambic de malheurs,
Source d'aduersité, fontaine de douleurs.
Mais quelqu'vn me dira que dans ceste Satyre
Ie descry les tourments, & le cruel martyre,
La tempeste, l'horreur, le perilleux danger
Qu'encourent les humains, qui souz le ioug Nopcier,
Captifs sont asseruis, sans prouuer par histoires
Les iournaliers effets de toutes ces miseres.
Ie respondray soudain au Lecteur curieux,
Que s'il falloit nombrer les Amans malheureux,
Qui souz les loix d'Hymen se sont mis en seruage,
Ie espuiserois plustot le Pactole, ou le Tage,

Plustost ie nombrerois les peuples escaillez,
Tous les hostes de l'air aux habits esmaillez,
Et plustost, & plustost, ie descrirois le nombre
Des celestes flambeaux, qui durant la nuict sombre
Brillent au firmament, lors que le grand flambeau
Sa carierre bornant, se plonge dedans l'eau,
Bref ce seroit courir apres vn impossible
Et rendre par ces vers l'impossible possible.
I'oseray neantmoins, afin de contenter
Le Lecteur curieux, au vif representer,
Cinq ou six grands Heros aux armes indomptables,
Que le Nopcier Hymen a rendus miserables.
Ce puissant Hercules, cet indompté guerrier
Ce Tugeant Thebain, qui osa le premier
Attaquer au combat, les Monstres de la terre
Qu'il terrassa, vainqueur, comme vn foudre de guerre
Enuironnant son chef de mille lauriers vers,
Tesmoins de sa valleur par ce large vniuers:
Ce pendant, ô destin, Hymen ce Dieu folastre
Aidé de l'Archerot, rendit son cœur molastre:
Soudain qu'il fut captif dans les rets amoureux
Il n'entreprist iamais vn acte genereux:
Soudain qu'il fut atteint des brandons de Cyprine,
Sa guerriere valeur tomba comme en ruine,
Le laurier de son front deuint sec & flestry,
Son cœur effeminé fut tout allangoury:
Si tost qu'il espousa la belle Deianire
On veit au mesme temps flestrir son vert Empire.

Il deuint malheureux, & le ialoux cerueau
De sa femme le mit dedans l'obscur tombeau:
Car ayant imprimé en sa teste Friuolle,
Que son Hercule aymoit, & caressoit Iolle,
Fille d'vn Erithus, Roy des Æobiens,
Deianire en fureur recherche les moyens
De s'en pouuoir venger ayant l'ame saisie
Et le cœur enflammé d'ardante ialousie.
Or aduint-il qu'vn iour le Centaure Nessus
Ayant voulu forcer, pres le fleuue Euenus,
Ceste Deianira, dont Alcide en colere
Descocha sur Nessus vne fleche legere
Teinte au sang du Dragon, dont le venin cruel
Par la playe espanché, rendoit le coup mortel.
Ce Nessus donc atteint d'incurable blessure
Voulut auant qu'entrer dedans la sepulture
Se venger s'il pouuoit du grand Alcmenien,
Estant, s'il en fut onc, expert Magicien,
Or ayant descouuert qu'vne ialouse rage
Tenoit Deianira en vn cruel seruage,
Brasse subtilement vne feinte trahison
Pour tirer du Thebain promptement sa raison,
Il faict secretement appeller Deianire,
Luy disant qu'il sçauoit qu'vn estrange martire,
Et qu'vn ialoux chagrin, luy bourreloit le cœur:
Voyant que son Mary plain d'ardante fureur,
Trop ingrat auoit faict n'aguere amour nouuelle,
Caressant iour & nuict Iole la pucelle;

L'asseurce s'elle veut ensuyure son conseil,
Luy donner vn secret qui n'a point son pareil,
Pour esteindre le feu & l'impudique flame
Qui alloit consommant Hercule iusqu'a l'ame.
Deianire entendant ses gratieux discours,
Desireuse de voir arracher ses amours
Du cœur de son mary, consent a l'entreprise:
Il luy monstre en secret la fatale chemise
Qui auoit tel pouuoir, ainsi qu'il asseuroit:
Que cil qui plain d'amour sur soy la porteroit
Ne seroit doresnauant inconstant & rebelle
A sa chere moitié: Mais constant & fidelle:
Que si son cher espoux auoit d'autres amours,
Ce seul secret pourroit en arrester le cours.
Or voyons quel malheur, ceste promesse enfante
Nessus luy donne, alors, la chemise charmante
Dont le fil venimeux, & le magique sort,
Precipitoient soudain les Amans a la mort.
Deianire en son cœur, qui trop ialouse brusle
Ceste chemise, enuoye à son mary Hercule:
Si tost que le Thebain l'eut mise sur son dos,
Il deuint insensé, n'ayant aucun repos:
Il couroit iour & nuict ainsi que frenetique,
Ou comme vn fier Taureau, que le Tan mord & picque
Il se iette en fureur dans vn bucher ardant
Ceste ialousie ainsi priua son cher Amant
Et de vie & d'esprit, ô fatal Mariage,
Cil qui auoit dompté d'vn genereux courage

Les Monstres plus cruels de ce grand vniuers
Par ce fatal Hymen, gist ores à l'enuers:
Cil qui auoit vaincu le pourceau d'Erimante,
Le Monstre Lerneen à teste renaissante:
Bref celuy qui auoit par deux fois six labeurs
Esleué son renom entre tous les vainqueurs,
Est maintenant dompté par les mains d'vne Femme.
O Hymen trop peruers, ô rigoureuse flame
Ie mets au second rang ce grand Agamemnon,
Qui par armes auoit eternisé son non
En mille lieux diuers. Ce vaillant Capitaine,
Ce grand Prince Gregeois, sentist bien tost la peine
Et les cruels assauts de ce ioug espineux
Pour s'estre emprisonné dans les lacs amoureux,
Pour auoir trop aymé sa chere Clytemnestre,
Et s'estre captiué dans le Nopcier cheuestre.
Il sentit les effets de sa temerité
Pour auoir soux Hymen lié sa liberté:
Il ne peut euiter qu'à son retour de Troye,
Au royaume noircy sa dame ne l'enuoye,
De sa Femme il sentit la trop bourelle main,
Luy ouurant l'estomach d'vn poignard inhumain:
Aidee à ceste fin de son paillard Ægiste,
Qui pour la secourir vint vers elle bien viste.
Dieux quelle cruaute, quelle estrange rigueur
De voir Clytemnestra poignarder son Seigneur,
Son espoux, son mignon, ô siniStre Hymenee,
O ioug par trop cruel, ô fiere destinee.

Et que diray-ie plus de ce fascheux lien ?
Tairay-ie le malheur du grand Roy Thracien,
Du lascif Tereus, dont le cœur plein de flamme
Brusloit pour sa Progné, qu'il choisit pour sa Femme,
Espris de ses beautez, charmé de ses beaux yeux,
Qui le rendit en fin chetif & malheureux :
Car soudain que Progné entendit la nouuelle
Du tort qu'on auoit fait à sa sœur Philomelle,
Sçachant que Tereus plein d'ardente fureur,
Auoit violemment rauy la tendre fleur
De sa virginité : ceste fiere Lyonne,
Plus cruelle cent fois que n'est vne Gelonne,
Egorge son Ithis, son tendrelet enfant,
Et par menu lambeaux ses membres va coupant,
Les fait mettre à bouillir, & seruir sur la table
A son Maistre d'hostel, comme vn mets delectable,
Ayant sceu dextrement ceste chair apprester,
Afin que son Mary eut desir d'en gouster :
Il mange, ô sort cruel, ó sinistre aduenture,
Son pauure enfant Ithis, sa chere geniture :
Il demande son fils sur la fin du disner,
Commande à ses valets qu'on eut à l'amener :
Progné dans vn grand plat en apporte la teste,
En luy disant : Meschant, tu as mangé le reste,
Va cruel ruffien, perfide rauißeur,
Nostre enfant a payé le tort fait à ma sœur.
Tertus à l'instant, plein de fureur, & d'ire,
Mettant l'espee au poing commence à la poursuiure

Par les bois plus espais, & les herbeux pastis,
Pour punir ce forfait & venger son Ithis.
Mais ainsi que l'on feint changee est Philomelle
En vn doux Rossignol, Progné en Arondelle.
Ainsi vsa Medee à son espoux Iason,
Apres qu'il eust conquis la Colchide Toison,
Elle occit ses enfans deuant les yeux du Pere.
Est-il rien plus cruel que de voir vne Mere
Teindre au sang de ses fils ses maternelles mains?
Peut-on iamais ouyr actes plus inhumains?
Qui cause ces effets, sinon le Mariage,
Qui nous enfle le cœur d'vne boüillante rage?
Quel malheur arriua à Claude l'Empereur,
Pour auoir ja vieillard denué de chaleur,
Espousé follement la belle Messaline?
Ceste insigne Putain se monstra si vilaine
Que d'aller iour & nuict courir par le bordeau,
Pour, lasciue, chercher quelque plaisir nouueau:
Estant en ses amours si ardante & lubrique
Qu'elle fut estimee vne putain publique;
Ceste Louue effrontee en sa lubricité
Proposa certain pris, & gage limité,
A qui plus le feroit, se ventant, glorieuse,
D'auoir en ce mestier esté victorieuse
Sur les autres putains: ayant en vne nuict
Receu vingt Courtisans en ce plaisant deduit:
Quel plus aspre tourment, quel plus cruel martyre
Auroit peu affliger ce Prince en son Empire:

Quel

Quel plus grand deshonneur luy euſt peu arriuer ?
Hé quel plus grand malheur euſt il peu éprouuer?
Ies trois plus durs fleaux, Famine, Peſte & Guerre
N'euſſent tant affligé, ſon Royaume, & ſa terre:
D'où viennent ſes malheurs, ſinon du Dieu Nopcier,
Hé qu'il faiɛt dangereux voguer ſur ceſte Mer:
Il vaudroit mieux rocher deuenir pres Sypille,
Que fiſt à ſon eſpoux, l'infidelle Eriſille
Son mary entendant l'ambitieux dſſein
Du grand Polinicez Capitaine Thebain,
Qui le vouloit mener à la guerre Thebaine:
Mais ſçachant des Deuins pour choſe bien certaine
Que s'il alloit au Camp, ſon deſtin l'aſſeuroit
Que dedans ſa maiſon iamais ne reuiendroit :
Parquoy pour euiter du fier deſtin la trame,
Se cache dans vn bois, deffendant à ſa femme
De ne point deſcouurir le lieu où il eſtoit,
Ce fin Polinicez, qui peut eſtre doutoit
Qu'il ne ſe fuſt caché, demande à Eriſille
Où eſtoit ſon mary , l'aſſeurant qu'a la fille
Tous ces gens s'aſſembloient pour ſe trouuer au camp,
Et qu'il falloit trouuer ſon mary ſur le chant ;
La perfide en riant, dit qu'elle eſt ignorante
Du lieu là où il eſt ; Polinice la tante,
Luy offre pour preſent vn riche colier d'or,
La priant inſtamment , & ſuppliant encor
Luy faire tant de bien, de faueur, & de grace,
Que de luy declarer & le lieu & la place,

Où son craintif Mary s'estoit allé cacher,
Afin que ses soldats eußent à le chercher:
La perfide à ce coup, sans dauantage attendre
Luy dit, qu'au prochain bois il y auoit vne antre
Taillé dans vn rocher, de mouße tout couuert,
Bordé de grands Palmiers, dont le fueillage vert
Donnoit ombre à ce lieu secret & solitaire,
Seruant à son espoux de cachette ordinaire.
Il est prins & mené en guerre, où il mourut
Par sa femme ô destin, la mort il encourut.
Hé quoy? voudrois-ie bien en ce papier descrire
Les sinistres malheurs qu'vn Hymen peut produire?
C'est vn large Ocean, sans fond, riue, ny bord,
Il vaut mieux le laißer & rentrer dans le port.
I'aurois plustost trouué au sein de la Nature,
Du Cercle rondißant l'egalle quadrature;
Secret tant recherché des Geometriens,
Ou l'Elixir caché de tous les Elemens:
Plustost ie trouuerois par vn art tout Chimique,
De metaux trans-muez la parfaicte pratique,
Que de pouuoir, Lecteur, en ces vers raconter
Tous ceux qu'vn fier Hymen a faict precipiter,
Aux pieges de la mort: Quitons donc ces exemples
Debonnaire Lecteur, afin que tu contemples
Plus curieusement les labeurs infinis,
Les tourmens, les trauaux, la peine, les ennuis,
Qui trauersent ceux la, qui comblez de misere
Ont consacré leurs yeux á Iunon la Nopciere.

Muse poursuyuons donc par les temperamens,
Qui pour estre diuers causent mille tourmens
Aux Amans asseruis au ioug de Mariage,
De contraires humeurs formant vn grand orage
De la diuersité de leurs complexions
Naissent le plus souuent mille dissentions,
Leurs humeurs rarement ont mesme sympathie,
Entre eux on void souuent semblable antipathie,
Qu'entre le loup cruel, & le paisible Aigneau,
Entre le Leurier, & craintif Lapreau,
Les sifflans Scorpions, & larmeux Cocodilles
Les rauissans Faulcons, & plongeantes Bourilles,
Les pepians Poullets, & rapineux Millans,
Les charongneux Vautours & delicats Faisands:
Entre les Chats-huants, & iasardes Corneilles,
Les gourmands Esperuiers, & chastes Tourterelles
Entre les Chardronnets, & griuelez Mauuis,
La mesme antipathie est aux Amans rauis,
Et portez dans le sein du fatal Hymenee,
Où ils sont tourmentez comme vne ame damnee:
Pour la diuersité des contraires humeurs,
Qui des deux mariez des-vnissent les cœurs.

    Peut estre le Mary sera chaud & humide,
D'humide radical, aërien, & fluide
Qui le rend abondant en Spermatic humeur,
De nos digestions quinte-essence & liqueur,
Laquelle remplissant les prostates glandules,
Ou estant resserré, ainsi quë des celulles,

Le San-
guin.

S'efforce de sortir pour careſſer Cypris,
Spumeuſe regorgeant de fretillants eſpris,
Eſpris, qui ſont portez de Cœur par les arteres,
Du Foye ſanguilonnant par les veines portieres
Du Cerueau, par les nerfs, au muſcle cremaſter,
Qui ioignant aux vaiſſeaux ſpermatics va porter
Ses bauillonnans eſprits aux feconds teſticules,
Pour eſtre conſeruez dedans les Veſſicules,
La fleg-   Comme au vrey magazin des plaiſirs amoureux,
matique.   Arſenal qui fourniſt de matiere & de feux.
La femme d'autre-part ſera fort flegmatique,
Froide mal temperee, & d'humeur caquexique,
N'aura rien deſplaiſant, que ce plaiſant deduit,
Luy tournera le dos tout au long de la nuict,
L'appellera vilain, lubrique, des-honneſte,
Refroignera ſon front, en luy tournant la teſte:
Le Mary amoureux, faſché de ce refus
Careſſe la Seruante & veut monter deſſus,
De là mille debats, de là mille querelles,
Si la Femme oit le vent de ſes amours nouuelles;
Le Mary eſt contraint bien ſouuent de quitter
Sa maiſon pour vn temps, taſchant à euiter
La tempeſte, & le bruit de ſa ialouze Femme,
Laquelle eſt toute glace, & luy n'eſt rien que flamme.
Quel plaiſir peut auoir l'infortune Mary,
Sa Femme hait l'amour, & a le cœur marry,
S'il en recherche vne autre aux esbats de Cyprine,
Luy qui eſt amoureux & d'vne humeur ſanguine.

Ce n'est rien que cela, c'est bien autre malheur,   La San-
Quand la Femme au cõtraire est d'vne chaude humeur   guine.
Et lors que son Mary est froid & flegmatique   Le fleg-
De l'incarnation, n'entendant la rubrique,   matique.
Ny les accouplemens du lascif Aretin,
S'amusant seulement à taster le tetin,
Où s'il passe plus outre, il ne faict rien qui vaille:
Car son sang froidureux à grand peine deualle
Des vaisseaux spermatics où il est enfermé,
Sa Femme d'autre-part a le cœur consommé
D'vne extreme chaleur, cherchant vn doux clistere,
Clystere spermatic, qui son humeur tempere.
Que fera le Mary Ethique & sans humeur,
Pourra-il de sa Femme esteindre la chaleur,
Qui rampe dans ses os, & boult en sa mouelle,
Luy consomme le Cœur, le Foye, & la Ceruelle;
Il a beau s'efforcer si peu qu'il a d'humeur
R'enflamme encore plus son amoureuse ardeur,
Tout ainsi qu'vn peu d'eau, va redoublant la fiebure
Du malade alteré, & bien souuent l'Orpheure
Pour accroistre l'ardeur de son cuysant fourneau,
Y espand dextrement des goutelettes d'eau;
Bref le lasche Mary pour sa froide impuissance,
Ne peut pas assouuir ce gouffre de semence.
De ce Lerne renaist vn Hydre de malheurs,
Comblans le lict Nopcier de tragiques horreurs.
La Femme a qui l'amour eschauffe la poictrine
Et dont le sang bouillant iallit de veine en veine,

Ne peut plus longuement ceste ardeur supporter,
Et de si peu d'humeur ses desirs contenter,
Voyant que son Mary plus souuent la chatoüille
Du bec, que de la queuë, & que point il ne foüille
Au fond de sa garenne auecques son Furet,
Est contrainte choisir quelque Amoureux secret
Pour amortir ce feu, esteindre ceste flame,
Qui gangrene ses os, & consomme son ame.
Il faut, il faut, chercher quelque nouuel Amant,
Ieune, frais & gaillard, roide de son deuant,
Iouial, vigoureux, d'humeur vrayment sanguine.
Pour estre d'ornauant son Mignon de courtine :
Quel malheur au Mary, quel plus vilain affront
Que de luy voir germer des Cornes sur le front,
Peut estre les Demons le prenant pour leur frere,
Le voudront emmener dans l'Infernal repaire:
Les Satyres bouquins, au front haue & chenu,
Les Faunes & Syluains voyans son front cornu,
Estimeront qu'il est comme eux quelque Satyre:
S'approcheront de luy, pour gausser & pour rire,
Comme un Monstre de tous, au doigt sera montré,
Estant par le chemin d'vn chacun rencontré:
Sa Femme d'autre-part, l'abhore & le deteste,
Le mesprise, le hait, le fuyt comme la peste,
N'ayant point d'autre soin que de bien s'atiffer
Se frizer, se farder, en habbits piaffer,
Pour plaire à son Mignon: sans soucy du mesnage:
O cruelle rigueur, ô estrange seruage:

Que l'Homme est aueuglé, qui se laiße tromper
A ce maudit Hymen qui nous vient à piper,
Le pauure Mary meurt en extreme martire,
Il languist peu à peu, & si n'ose le dire:
Il deteste en son cœur, & le iour & l'Hymen,
Qui premier l'arresta dans ce fascheux lien,
Ie croy que son tourment est aßez meritoire,
Pour l'empescher mourant d'aller en Purgatoire.
Tout droit en Paradis il ira vray Martir,
Ou comme vn Penitent pour bien se repentir,
Peut-on excogiter plus dure penitence
A vn pauure Mary, que voir en sa presence
Sa femme effrontement careßer ses Mignons:
Dißiper tous ses biens pour leur faire des dons,
Et qui plus est, n'oser murmurer ou se plaindre,
Ains ce mal en son cœur, receler & contraindre,
Son cœur est tout enflé de souspirs & regrets,
Qu'au fons de l'estomac il crache & tient secrets,
Il n'ose de trauers ietter la moindre œillade,
Il contrefaict le sain, & a le cœur malade,
Vne gesne, vn ennuy, luy bourrelle le cœur:
Il ne vit qu'en mourant, & ne meurt qu'en langueur
Ne sçait de ses Enfans ceux qui sont Legitimes
Pour heriter ses biens ô detestables crimes:
Somme il est si comblé de tristeße & d'ennuy,
Qu'il inuoque la mort pour son dernier appuy,
Voyez en quel danger Hymen nous precipite:
Voyez combien de maux aux humains il excite,

Les gages dont il paye au soir ses seruiteurs,
Ne sont rien que tourmens, que peines, & labeurs:
Malheureux qui luy sert d'escorte & de conduite,
Malheureux ses vaßaux, malheureuse sa suite,
Symbolisant d'humeur à ce Magicien.
Ce superbe Pharon, Monarque Ægyptien,
Qui pour gages donnoit au soir les estriuieres
A ses Valets, recreus des peines iournalieres:
Ainsi en fait Hymen en ce maudit Amour,
Que pour auoir seruis tant de nuiĉt que de iour,
Ne donnent á la fin pour toute recompense,
Que mille vains trauaux, sans aucune esperance
D'y pouuoir obtenir vn moment de repos:
Mais vn soing eternel, qui ronge iusqu'aux os:
S'il y a pour trois iours de calme en Mariage,
Il y aura trois mois de tempeste & d'orage.
Muses laißons icy toutes disgreßions,
Et poursuyuons le fil de nos complexions.

   Si la Femme est d'humeur purement bilieuse
Elle aura le cœur haut & l'ame ambitieuse,
Brusque, prompte soudaine en toutes actions,
Inconstante, legere, en ses opinions:
Vanteuse en ses discours: babillarde, mocqueuse,
Aspre á ses ennemis, prodigue & courageuse,
L'esprit vif, prompt, subtil, fastueux arrogant,
Fier, hautain, esleué, quinteux, & remuant.

   Le Mary de sa part sera melancolique,
Humeur directement contraire au colerique:

Ceste diuersité de contraires humeurs
Fera naistre entre eux deux vn Monstre de douleurs :
Sa Femme qui aura l'humeur presumptueuse,
Voudra estre en habits magnifique & pompeuse,
Eprise d'vn orgueil, qui luy boufist le cœur,
Luy enfle les poulmons du vent d'vne grandeur,
Voudra pour piaffer par sus toutes paroistre,
Combien que de bas lieu elle ayt sorty, peut estre,
Voudra pour ses habits entrer effrontement,
En toute compagnie, & parler hautement :
Contraindra son Mary d'vne façon rebelle
A luy fournir habits à la mode nouuelle,
Sans preuoir si premier il aura le moyen
De soustenir long temps vn si grand entretien,
Sans sçauoir si ses biens, sa terre ou son Vilage
Pourront entretenir ce superbe equipage :
Voudra des Cotillons d'vn tafetas changeant,
De Velour, de Damas, ou Satin esclatant,
Qu'il conuient enrichir de tant de broderie,
De bandes de satin pour la piafferie.
Ce n'est encore rien, il faut mille affiquets,
Bagues, chaines, carquans, ceintures & bouquets,
Des bourses au mestier, de belles picadilles,
D'vn relief esclant de brodure gentilles ;
Les beaux gands parfumez, les esmaillez coutteaux ;
Et d'vn azur bruny les damasquez ciseaux :
Les mirroers façonnez de glaces de Venise,
L'esuentail dentelé, les rabats à la Guyse :

Tant de chaiſnes de geë & tant de bracelets,
De perles, de grenats, & de riches collets:
Tant de manteaux pliſſez d'vne eſtoffe bien teinte
Quãd la Dame eſt aux chãps, ou lors quelle eſt enceinte
Tant de moulles friſez, de perruquez cheueux
Retors, & annelez en mille & milles neux
Les toillettes de nuiﬅ & les coiffes de couche,
Braſſieres de ſatin, quand Madame eſt en couche:
Sans oublier encor les coëffes de velours,
La robe de damas, auec tous ſes atours,
Mais ce qui plus la met en ceruelle & en peine,
C'eſt qu'il luy faut auoir des rabats à la Reyne,
Rabats à poinﬅ couppé, ouuragez, dentelez,
Empeſez, rayonnez, canelez houppelez:
Des rabats à la Naige, & à la Fanfreluche,
De beaux manchons doublez de Martre ou de peluche
Il faut en outre auoir de ſuperbes patins
D'vn velours cramoiſi, ou de mignards multins
D'vn marroquin violet, couleur iaune, ou pourprine,
Et en teſte porter coeffe à la Iacobine.
Et mille inuentions & autres nouueautez,
Mille façons d'habits d'heure en heure inuentez,
Qui pour naiſtre à la Cour, ſource de l'inconſtance,
Ont plus de changement qu'Eurippe en apparence
N'a de flus & reflus, qui ſept fois tous les iours
Flotant & reflotant, à ſon cours & decours;
Ainſi la nouueauté des habits de la France,
A ſõ n flus & reflus ſans aucune aſſeurance.
Le Mary qui n'eſt point bouffi d'ambition
Contrariant du tout à ſa complexion,

Auare ne voudra à sa Femme permettre
Ses sumptueux habits, ains tasche à la remettre
Par ses prudens discours, au sein de la raison,
Luy disant qu'elle veut ruiner sa maison:
Luy remonstre en douceur qu'il ne peut satisfaire
A luy fournir habits si pompeux d'ordinaire,
De là naist le discord & la diuision:
Car sa Femme estant nee à la presomption
Fera la sourde aureille à toutes remonstrances,
Continuant tousiours en ses folles despences,
Sans respect du Mary, sans crainte de charger
De debtes sa maison, ou sa terre engager,
Ayant l'esprit enflé d'vne vaine arrogance,
Où son humeur hautain la pousse de naissance.
Si le Mary ne veut fournir or ou argent,
Soit qu'il soit vsurier Auare ou indigent,
Soit qu'il vueille empescher ses fumeuses boutades,
Ou retrancher du tout ses superbes brauades,
Soit qu'il vueille abaisser son arogant caquet:
C'est alors, c'est alors qu'il est mis au rouet,
C'est alors qu'on l'assaut de piquantes reproches:
Vilain ie ne veux plus que de moy tu approches,
Pourquoy es tu venu, Infidelle trompeur,
Pour Espouse choisir, vne fille d'honneur,
Si tu ne veux d'habits l'entretenir honneste.
Vilain Auare, on deust te fracasser la teste,
On deuroit en tous lieux par mespris te siffler:
Si tu permets encor ma colere s'enfler,
Ie te feray sentir ce que peut vne femme

Extraicte de bon lieu, ferois tu bien ce blafme
A mes Nobles parens, par ta grande chicheté,
Que d'abaiſſer l'eſtat deu á ma qualité?
Dy moy double vilain, ſuis-ie point auſſi digne
D'auoir des beaux habits comme noſtre Voiſine,
Qui braue tous les iours en habits fort pompeux,
Bien qu'elle n'ait ſorty de ſi Nobles Ayeux
Comme eſtoient mes parens, qui d'vne race antique
Ont tins les premiers rangs dedans la Republique?
Son Mary neantmoins luy faiɛt iournellement
Porter ſans qualité vn riche veſtement?
Ie dois à meilleur droiɛt brauer autant comme elle,
Qui porte ſur le front le nom de Damoyſelle:
Tu voudrois ce pendant, Auare malheureux,
Retrancher en Villain mes habits ſompɩueux.
Quoy? penſerois tu bien, pour ta villaquerie,
M'empeſcher de brauer? Ceſt vne mocquerie,
Si tu l'auois ſongé ie te ferois ſentir
De ta ſalle Auarice, vn faſcheux repentir.
C'eſt au pauure Mary à porter la cuiraſſe
Et le pauois de Iob, a ſi rude menaſſe,
Comme le ſeul obieɛt, où les traits plus poignans
D'vne femme en fureur, ſe vont tous decochans:
Ceſt la butte & l'eſcueil où les plus grands orages
Les foudres d'vn deſdain, & les bouillantes rages
Des flots d'vne rigueur, viennent à ſe heurter.
On le void iour & nuiɛt malheureux ſupporter
Mille & mille tourments, des trauaux mille & mille

Pour accroiſtre s'il peut ſa race & ſa Famille
En plus grands reuenus, mais il trauaille en vain:
Car l'orgueil de ſa Femme, & ſon humeur hautain,
Ses habits ſomptueux & ſa deſpence folle
Rendent de ſes labeurs l'eſperance friuolle.
O malheureux aſpect, ó Aſtre trop fatal,
Qui dominoit alors qu'au lien coniugal
Ce Mary fut conioint à ceſte ame rebelle,
Qui pour eſtre d'humeur Cholerique & cruelle,
Voudra ſuperbement au Logis commander,
Maſtiner ſon Mary, de prés le gourmander;
Si bien qu'il n'oſera eſleuer la paupiere,
Ou haulſer le ſourcy à ſi rude guerrier,
Qu'il ne ſoit a l'inſtant d'iniure galoppé,
Et en ſes actions iuſqu'au filet drappé:
Combien que ſon humeur arrogante & mutine
Vueille mettre à brauer ſa Maiſon en ruine.
O deſaſtré Mary, ton trop boüillant deſir
Te faict plain de douleur, repentir à loiſir,
Quoy? penſerois-tu bien à ſon humeur complaire?
L'entrepriſe ſeroit trop vaine & temeraire,
C'eſt vn ennuy ſans bout, ſans limite, vn tourment
Sans meſure, vn labeur, ſans fin, commencement
Qui va renouuelant, ainſi comme la roche
D'vn Ziſiphe aux Enfers, où la roüe qui tout proche
Tourmente vn Ixion, ou le Foye renaiſſant,
Du voleur Promethee, qu'vn Vaultour rauiſſant,
Becquette iour & nuict, ou des ſœurs Danaïdes

Le labeur infiny, des tonneaux tousiours vuides,
Ou les trop vains souhaits d'vn Tantale alterè,
Qui de soif dans les eaux sans cesse est martirè.
Ainsi vont renaissant les tourments & les peines
De ceux qui souz Hymen vont espuisant leurs veines
Et de sang & d'esprits pour complaire, ó destin,
A l'humeur imparfaict du sexe fœminin.
Mais laissons ces discours, ò Muse curieuse,
Et poursuiuons le fil de l'humeur Bilieuse:
Acheuons, en deux mots de conter au Lecteur
Le reste des effets de ceste fiere humeur.
Humeur comme i'ay dict, qui trop prompte & actiue
Rend la Femme sur tout aspre & vindicatiue.
Ne respirant rien tant que se pouuoir venger
Si quelque Mesdisant a voulu l'outrager,
Ou censurer ses mœurs, ou soit que sa Voisine
Ne l'ait point visitee en faisant sa gesine.
Soit qu'estant à l'Eglise au seruice de Dieu,
On ayt baissé son banc, ou changé de son lieu,
Soit que par vn Pasquin ou mordante Satyre
D'elle, ou de ses parens, on ayt ozè mesdire:
Soit qu'on l'ait attaquee ou picquee à l'honneur;
Cela la met soudain en estrange fureur,
Forçant son cher Espoux d'vne douce nature
A venger ce mespris & punir ceste iniure:
Quelquefois le Mary, qui pese sagement
Au poids de la raison, ce soudain mouuement
Taschra d'appaiser ce foudre de colere

Qui brusle a petit feu le cœur de sa Geoliere.
Il pense par le temps ceste rage dompter
Luy laißant remascher son frain pour luy oster
Ceste humeur qui la met en souque & en ceruelle
Luy remonstre en douceur, puis quelle est Damoiselle,
Qu'vn esprit releué, qu'vn cœur tres genereux
Panche mille fois plus au pardon qu'vn peureux,
Que les craintifs qui ont vne ame roturiere,
Sont cent fois plus cruels qu'vne noble & guerriere.
Tesmoin ce grand Cesar, ce Romain Empereur,
Plus enclin au pardon qu'à vengeance ou rigueur.
Mais il remonstre en l'air, il bastit deßus l'onde,
Il raisonne vn rocher, car sa femme feconde
En humeur Coleric, soit a droict, soit a tort,
Veut venger cet affront, qui la tourmente fort,
Si son Espoux ne veut embrasser sa querelle,
Et a ses passions prester soudain ll'aureille,
Vn discord tout nouueau renaist en la maison,
Ceste femme en courroux iettera sans raison
Mille & mille brocards d'vne langue cruelle
A son pauure Mary, l'appellant infidelle,
Craintif, lasche poltron, & sans resentiment,
Ladre, qui ne resent ceux qui cruellement
L'offensent sans respect, & son antique race.
C'est dommage, craintif cent fois, qu'on ne te passe
Les pieds sur l'estomach, d'endurer en Coyon
De si lasches affrons, sans en tirer raison,
Serois tu bien, helas, si Ladre de nature

D'endurer sans reuenche vne telle imposture,
Dieux! quelle lascheté, quelle poltronne humeur
S'empare maintenant du centre de ton cœur :
O ame de Connil, ô courage de Lieure,
Tousiours accompagné d'vne peureuse fiéure,
Qui peut peindre en ton front tant de timidité,
Qui cause dans ton sang tant de stupidité?
Veux-tu lasche à la peur, sacrifier ta vie
Comme iadis faisoient les Peuples de Libie:
Veux-tu laißer fanir ta gloire & ton renom,
Engagé ton honneur comme vn craintif Poltron?
Hé quoy, voudrois tu bien, miserable, permettre
Qu'on nous vienne offenser, & l'iniure remettre?
Auras tu bien le cœur de me voir gourmander
A mille mesdisans, sans siller ny gronder?
Ie priray mes parens qui de cent bastonnades
Me vengeront de ceux qui me font des brauades.
Lecteur, voicy vn mal qui vient renouueler
La peine au pauure Iob, & bas luy faict caler
La voille en ce destroit, imitant le Pilotte,
Qui voyant sur Thetis ses vaißeaux & sa flotte,
Battus cruellement des Aquillons venteux,
Baiße ses voilles bas, s'exposant hazardeux,
Au courroux de Neptun, tout enfle de l'orage,
Plustost que resister a sa bouillante rage:
Ainsi fait ce Mary tres-prudent & accort,
Qui pour sage euiter vn funeste discort,
Sçait baißer à propos les voilles du silence,

Sans

Sans vouloir repentir à si rude arrogance.
A sa femme il permet de vomir sa fureur,
Et desbonder les flots de sa fiere rigueur ;
   Mais il combat en vain auec sa patience,
Il est dompté du flus de sa perseuerance,
Il est contraint, vaincu par importunité,
D'acquiescer craintif, contre sa volontè,
Au fougueux appetit d'vne femme en colere,
Qui en fin le conduit au gouffre de misere,
Le pousse, ô fier destin ! par ses ambitions
Au centre de malheurs, où les afflictions
Viennent directement terminer & se rendre:
Il faut bon gré, mal grè sa querelle enteprendre,
Soit à droit, soit à tort, par force, ou par trahison,
En Duel, par appel, par mort, ou par prison,
Il faut se reuencher de l'iniure mordante,
Et que sans plus tarder son Mary s'en reßente,
Il faut battre ou tuer ses faiseurs de Pasquins,
Lesquels ont blasonné ses Sœurs ou ses Cousins,
Offensé son honneur d'vne langue indiscrete,
Infortuné mary, il faut que tu t'apreste
Contre ton naturel doux, courtois, & humain,
A mettre promptement les armes à la main
Pour vanger cest affront : Si c'est vn Gentil-homme
Faut se battre en Duel hazardeux, d'homme à homme,
S'il arriue (ô rigueur) qu'en ce combat douteux
Il tuë ou soit tué, quel malheur à tous deux,
Si sa partie Adroit, d'vne Espagnolle lame,

SATYRE

Aux ombres Stigieux faict descendre son amë,
Quel desastre hé bõs Dieux, quel plus grand desespoir,
Quel plus grand creue-cœur pourra sa Dame auoir,
Ayant par son orgueil & superbe nature,
Mis son fidelle Espoux dans la sepulture,
Qui peut estre a laissé plusieurs petis Enfans,
Dont le plus grãd d'ëtre-eux n'aura attainct six ans,
Orphelins sans support priuez de leur cher Pere,
Par l'humeur arrogant de leur cruelle Mere :
     Si d'auenture aussi il tuë & soit vaincœur,
Il ne peut euiter vn funecte malheur,
S'il est pris il perdra houteusement la vie,
Estant par vn bourreau sur l'eschafaut rauie;
Ou bien il donnera comme Euesque des Chans,
La benediction de son pied aux passans,
En hazard de garder les trouppeaux à la Lune
Comme vn Berger de nuict , chose bien importune:
     S'il franchist ce destroit il perdra ses moyens,
Laissant pour appoincter ses Enfans indigens.
     Contemplez donc Lecteur, en cõbien d'infortues
Tombe vn pauure Mary pour les quinteuses Lunes
D'vne Femme enragee & pleine de fureur:
Quel dessastre malheur , quelle tragique horreur
Produit ce fier Hymen, ce cruel Mariage,
Vray Tyran des humains le bourreau de nostre adge.
MVse cest trop tardé sur ce Tableau d'humeurs
Il faut ailleurs mes-huy ëployer tes couleurs,
Si quelque place au blanc reste dedans la toile,

Tire pour abreger par deßus vn granp voille:
Car qui voudroit du tout ce grand tableau remplir,
Pinceaux, huille, & couleurs viendroient à defaillir,
Netoy' donc tes pinceaux, pour derechef pourtraire
Vn tableau tout nouueau, qui puisse satisfaire
Au Lecteur curieux, & son œil contenter.

Il faut premierement Muse, representer
D'vn traict bien adoucy, le plan & les ombrages
Les racourcissemens, le relief, les paisages
De ce ioug espineux, de ce fatal lien,
Plus estroit mille fois que le nœud Gordien.

Nous auons ia depeint les humeurs qui diuerses,
Causent aux mariez mille & milles trauerses.
Figurons donc le choix par les affections,
Si Femme vous prenez pour ses possessions,
Ou si vous l'espousez pauure & necessiteuse,
Ou laide en cramoisi, difforme, & desdaigneuse,
Ou si vous recherchez vne exquise beauté,
De toutes vous aurez mainte incommodité,
Vne rare beauté la rendra soupçonneuse,
Superbe les moyens, la laideur odieuse;
La pauure vous contraint d'endurer mille maux,
Peines, ennuis, soucis, & angoisseux trauaux.
Commençons aux malheurs qui tyrannisent l'ame
Du pauure Marié espousant belle femme: LA BELLE.
Il n'a aucun repos, vne ialouse peur
Le bourrelle sans fin & luy glace le cœur:
Il tremble, il süe, il craint, il frissonne sans cesse,

S'il void vn Courtisan parler à sa Maistresse,
Nuict & iour il l'espie, il est tousiours au guet,
Il l'œillade, il la suit, soupçonnant qu'vn Muguet
Ne luy face l'amour, la voyant si tres-belle,
Ce qui le rend songeard & le met en ceruelle:
Car comme Iuuenal a doctement chanté,
Tres-grand est le debat entre la chasteté,
Et l'extreme beauté, & rarement on trouue
Vn visage accomply, qu'aussi tost on n'esprouue
Qu'il cache dans le sein vn impudique amour,
Se voyant caresse tant de nuict que de iour,
De mille & mille Amans, qui d'vn pipeur langage
Luy font rompre le neud du Nopcier Mariage,
Et brescher laschement sa gloire & son honneur,
Pour l'exposer en proye aux desirs du vaincœur.
Quel remede à ce mal, Beauté est vne ruche,
Dont l'odoreux Piment la coudre & la lambrusche,
Tirent de toutes parts les Mousches & Bourdons,
Sans le chariuary des poesles & chaudrons.

　Beauté diray je encor est vne autre Panthere,
Dont la plaisante odeur attire d'ordinaire
Les autres animaux, qui tous la vont suyuant
Allechez de l'odeur qui d'elle va sortant:
De mesme vne beauté est aux yeux tant aymable,
Son amoureuse odeur nous est si agreable
Qu'vn chacun court apres, eschauffé d'vn desir
D'en cueillir par amour le souhaitté plaisir.
　Bref il n'est rien si fort, rien si sainct, ou si sage,

Qui ne soit attiré par vn mignard visage,
Le sainct homme Dauid, le sage Salomon,
Et le fort des plus forts l'inuincible Sanson,
Ont tous esté domptez d'vne beauté exquise,
Plus rare est le subiect dauantage on le prise.

Beauté est vn Aymant qui attire le fer,
Les cœurs plus endurcis s'en veulent approcher.
C'est vn brillant Soleil, qui brusle les courages.
Vn piege deceuant tout remply de cordages,
La gluz & l'hameçon, des plus subtils espris,
Où ils sont engluez, amorcez & surpris:
Voyant vne beauté qui d'aymer nous conuie,
Il n'est homme si mort qui ne reuienne en vie,
Il n'est cœur si glacé qui n'en soit enflammé,
Cerueau si aceré qui n'en soit entamé
Hermite si deuot, voyant ses beautez ores,
Qui n'en perde soudain ses grosses patenostres:

C'est la Lyre d'Orphee, & le Luth d'Amphion,
Qui trainent les rochers aux airs de leur chanson,
Ainsi des durs rochers & les ames marbrines,
Les cœurs plus empierrez, & les dures poictrines,
Sont attirez en fin de l'air delicieux
D'vn visage mignard qui enchante nos yeux,
Et nous tire apres soy par les larges Campagnes,
Par les bois plus touffus, & les aspres Montagnes:
Mesme ce grand Iupin deuenu amoureux
Des beautez d'icy bas, en a quitté les Cieux:
Plus on laisse l'Enfer, pour rauir Proserpine

Mars mis ces armes bas pour careſſer Cyprine,
Et ſa Lyre Apolon, pourſuyuant ſa Daphné,
Neptune ſon Trident en mer abandonné
Pour aller courtiſer ſa mignonne Amphitrite,
Mercure ſon flageol, pour ſa Nymphe Carite.
Tous de ceſte beaute regardent l'Orient
L'aiguille de nos cœurs, touchee à ceſt Aymant,
Vers ce Pۡolle luyſant leue touſiours ſa pointe,
A vn ſi beau ſubieƈt chacun donne vne attainte:
Bref l'importunité de tant de coups diuers,
Mettent à la parfin vne femme à l'enuers;
Qui de ſa part eſtant d'autre chaleur touchee
Que celle de Phœbus, ſe voyant recherchee
De tant de Seruiteurs, de Mignons perruquez,
De ieunes Adonis, poudrez, friſez, muſquez,
Propres, leſtes, gaillards, en habits magnifiques,
Et qui ſçauent d'Amour les ruſes & pratiques,
Les paſſages, les traiƈts & les doƈtes leçons
Du liure Paphien, les vns vſent des dons
Et de riches preſens: les autres par priere,
Charmez d'vne beauté ſi rare & ſinguliere,
Taſcheront de gaigner vne place en ſon cœur,
S'elle faiƈt la reueſche, & vſe de rigueur:
Mais la longueur du temps, & la perſeuerane,
Bouleuerſent enfin ce rocher de conſtance,
Et la font ſuccomber au plaiſir amoureux,
Sentant de l'Archerot les brandons & les feux,
Le vert touſiours au cul & la puce à l'oreille

Qui la pique souuent & son ame resueille,
Pour luy faire gouster les gratieux discours,
Et les mignards baisers de ces Mignons d'Amours,
Estant à les cueiller plus prompte & plus soudaine,
Que n'est vne Iument oyant cribler l'auoine,
Ou vn ieune Escolier au son de son quartier,
Qui dans la bourse bruit és mains du Messager;
Tant a de force en nous la viue batterie,
Des canons du discours vers vne ame cherie,
Des dons d'vne beauté, qui pleine de douceurs,
D'vn regard de ces yeux captiue tous les cœurs,
Yeux la forge d'Amour où s'acerent les flesches
Qui font dedans nos cœurs mille cruelles bresches:
Yeux qui cachent le feu, capable d'enflammer
Les cœurs plus englacez les conuiant d'aymer,
Yeux qui chargez de traicts vont à la picoree,
Des ames & des cours pour en faire curee
A leur discretion; & vouloir l'empescher
C'est vouloir vn grand Pin des ongles arracher:
C'est aux sourds enseigner, la nombreuse Musique,
Aux aueugles montrer des peintres la pratique.
Car plustost on verra les celestes flambeaux
Abandonner leurs cours. Plustost dedans les eaux
Se nourira le feu contraire à sa nature:
Plustost le corps viura priué de nouriture:
Plustost le chaud Estè se verra sans moissons,
Le Printemps sans ses fleurs, l'Hyuer sans ses glaçons:
Que d'empescher iamais vne meschante femme

D'accomplir ſes deſſains ſentãt d'Amour la flamme,
Depuis qu'elle a laſché la bride à ſes deſirs,
S'abandonnant du tout en ſes laſcifs plaiſirs:
Il n'eſt Mary ſi fin, que fine elle n'affine,
S'il a quelque ſoupçon; elle eſuente la mine
Lors qu'elle a prins plaiſir auec ſon Seruiteur:
Ce iour meſme au Mary elle vſe de douceur,
Luy taſte le menton, luy friʒe les cheueux,
Luy baiʒotte le front, & la bouche & les yeux,
D'vn ſouſpir addoucy contre-faiɛt la ſucree,
La pudique, la chaſte, & femme reſſerree,
Feignant d'auoir l'Amour, & ſes ieux à meſpris,
Et deteſtant ſur tout les esbats de Cypris
Alors le ſot Mary s'eſtime vn vray Helie,
Rauy dedans les Cieux, ayant femme accomplie
Et parfaiɛte en beauté; Mais le Faulcon niais,
Le Tiercelet de ſot, ne ſçait de quel biais,
Ny de quelle façon les femmes ſe gouuernent,
Et de quels vains appas leurs Marys enſorcelent,
Charmans ſubtilement d'vn Philtre mielleux
Les eſprits plus ialoux, & les plus ſoubçonneux
Si le mary ruʒè, par ſes ſubtilles ruʒes,
Deſcouure ſes amours, elle aura mille excuſes,
Capables de tromper le Mary plus ruʒè,
Plus madré, plus accort, plus fin, & aduiſé,
Tant ce ſexe peruers apporte d'artifice,
Pour bien couurir ſon ieu, & maſquer ſa malice,
Se ſeruant á propos de mille inuentions,

Mille traicts desguisez, mille deceptions,
Du depuis que l'Amour, en son cœur a prins place,
Il n'est plus de besoin de fueilletter Boccace,
Bouquiner l'Amadis, consulter l'Aretin,
Rechercher les secrets, composez par Courtin,
Pour sçauoir du mestier, les ruzes & finesses,
L'Amour enseigne assez ses subtiles adresses,
Il rafine l'esprit pour vser finement
Du pressement du pied, du secret maniment,
De la main de l'Amant, il enseigne les formes
Des caracteres peint selon les Astronomes,
Il donne les aduis des habits de faquin,
De poullier l'Amant dedans vn manequin
En habit desguisé, & si cela n'accorde,
Se seruir à propos des eschelles de corde :
Prendre assignation au Dictame amoureux,
Sans encre, sans papier, d'vn seul traict de ses yeux.
Et si l'on est contrainct d'enuoyer d'auenture
Le poullet à l'Amant, bien couurir l'escriture,
De sel Ammoniac, destrempé dedans l'eau,
D'ambre-gris ; & Mercur, ou du secret nouueau,
De l'alun emplumè, ioinct au sang de rubettes,
Pour du poullet esclos couurir les aisleretes ;
L'enuoyer bien caché dedans vn baston creux,
Ou bien dans des pastez fort artificieux :
Tantost les enuoyer dedans des confitures,
Tantost dans vn drageoir, ou aux entrelasseures
D'vn beau bouquet de fleurs, secret assez cachè,

Estant du seul Amant a la Dame arraché;
Tantost les enuoyer dans des pommes de cire,
Tantost dans vn œillet, quelquefois sans escrire:
Faire entendre à l'Amant ses discours bien couuers,
Repris tout à rebours & cousus à l'enuers,
Le temps, l'heure, & le lieu, pour en toute franchise
Iouïr de leurs amours sans crainte de surprise,
Mesnager à propos l'absence de l'Espoux,
Pour l'employer du tout en leurs esbats plus doux.
Les yeux vrais messagers & truchemens de l'ame,
Sont les fins macreaux pour exprimer la flamme,
De nos conceptions dessignants sans soupçon,
D'vn traict bien decoché, vne assignation.
   C'est le cadrã des coeurs, dont l'aiguille & la môtre
Marquent fidellement l'heure d'vne rencontre:
Bref les yeux sont d'amour les poullets les plus fins,
Oeilladez dextrement, non pas à toutes fins,
Et milles inuentions que l'Amour leur suggere,
Que crainte d'enseigner, ie suis contraint de taire,
De peur que quelque iour par les charmes vaincu,
De ce fatal Hymen on ne me fist Cocu :
Ie ne mets donc icy que les ruses grossieres,
Dont vsent auiourd'huy les Dames boscageres :
   Non, Muse, tu ne dois descouurir les foçons
Plus subtils de l'art, quitte donc ces leçons
Des charmes de l'Amour & poursuy ta carriere,
Pour du Mary Cocu figurer la misere :
Si le Mary ialoux la tient comme en prison,

Luy defendant exprés fortir de la maifon,
C'eft à lors, c'eft à lors qu'vne bruflante enuie
L'inuite de fortir pour chercher compagnie,
Voyant que fon Mary fans fubject ny raifon,
La retient au logis par vn ialoux foupçon,
Et cogoiffant qu'il eft de ce ialoux plumage
Cela renflame encor fon amoureufe rage,
Et luy fait rechercher des moyens tous les iours :
De tromper fon ialoux par nouuelles amours.

Il a beau efpier toutes les fentinelles,
Tous les cent yeux d'Argus, toutes les Citadelles,
Tous les plus fors Dongeons ne pourroient empefcher
Que le Diable fubtil n'entre dans fon Enfer,
Pour hardy luy tailler de la befongne entiere,
Qu'on nomme à cul leué, & à ferre croupiere.

C'eft donc vrayment en vain que le Mary ialoux
Veut retenir fe Femme, & empefcher fes coups,
Tant plus il luy tiendra les refnes vn peu hautes,
Luy preffant trop le mords, plus il commet de fautes.
Semblable à l'Efcuyer, lequel pour trop ferrer
La bride à fon Cheual, le contraint de cabrer :
Qui bien fagement veut vne femme conduire,
Doit imiter fur tout vn Patron de Nauire,
Lequel oyant les vents de toutes parts fouffler,
Efcumer l'Ocean ne fçachant où fingler,
Faict defcendre, aduifé, du Nauire les voilles,
Laiffant rame & tymon aux ondes plus cruelles,
Pour ceder pour vn temps au courroux de Neptune,

Plustost que resister à ce vent importun,
Son vaisseau va flottant à la mercy des vagues,
Au hazard d'encourir les venteuses borasques:
De mesme le mary doit sagement laisser
Sa femme en liberté sans tant la harasser,
Exposant son vaisseau aux vents du Cocuage,
Puis qu'il despend du tout des loix de Mariage :
Cocu & marié se suyuent de si pres,
Que lors qu'on parle d'vn l'autre s'entend apres.

   Ie les mets donc tous deux en la Cathegorie
De la relation ; faisant allegorie ;
Et rapport principal au traicts d'vne beauté,
Qui souz le ioug Nopcier remply de cruautè,
Nous tient comme forçats attachez à la rame,
Voyez donc quel malheur d'espouser belle femme.

   Il pense s'esiouyr dans le lict coniugal
Auec ceste beauté, cependant vn Riual,
Vn Galuret frizé, vn Mignon de couchette,
Luy plante finement des cornes sur la teste,
Le faict vray Marguiller de sainct Pierre aux Bœux,
Ou de sainct Innocent Confraire bien-heureux:
Sa femme d'autre part comme vne autre Diane
En faict vn Acteon, tandis qu'elle se baigne
Et se plonge dans l'eau de ses contentemens,
Luy met, changé en Cerf, vne meute de Chiens,
De mesdisans mocqueurs pour luy faire la chasse,
Et le faire abayer à vne populasse.
Qui a veu quelquefois vn malheureux Renard

Dans le piege attrappé, tout honteux & coüard,
Agaßé, piaillé, de Guays & de Corneilles,
Il void noſtre Cocu eſtonné à merueilles
De ſe voir agaßé. & mocqué en tous lieux,
Baſfoué, maſtiné, ſiſlé iuſqnes aux Gueux:
Il eſt plus deſcrié que la vieille monnoye,
Chacun le monſtre au doigt en paſſant par la voye.
La honte & le deſdain luy faict baiſſer le front,
Voyant de toutes parts chacun luy faire affront.

On luy demande bas s'il n'entre point en fieure,
Que dommage ſeroit qu'il fuſt changè en Lieure,
Que les cornes au front luy conuiennent ſi bien,
Qu'Idolle il ſeruira au temple Delien
A l'autel Ceraton, tout façonné de cornes
A l'honneur des Cocus, qui receuoient eſcornes:
Et milles autres brocards, que l'on luy iette au nez
Qui luy font endurer les peines des damnez,
Le rendent tout penſif, triſte & melancolique,
Le front tout bazané, iaunaſtre, & Icterique,
Paſle, morne, plombé, cacochime, mal faict,
Cueilly, fené, ridé, hydeux & contrefaict,
Viſage d'Appellant, vne mine baſtarde,
Plus baueux & craſſeux qu'vn vray pot à mouſtarde
D'vn beau Ganimedes, & Narcis qu'il eſtoit
Il ſemble vn Therſitês, en ce faſcheux deſtroit
Plus ſalle: refrongné, qu'vn Vſurier auare,
Terreux, affreux, hideux comme vn ſecond Lazare
Reßuſcité des morts, tant a de force en nous

La tristesse qui vient, d'estre cocu ialous:
    Bref il semble à le voir vn Nocturne Fantosme,
Haue, maigre, & deffait ainsi qu'vn sainct Hierosme
D'vn Paradis heureux de douce liberté,
Il entre en vn Enfer remply d'obscurité
En des ennuys sans fin, en des iours sans lumiere,
En des nuicts sans sommeil, au comble de misere,
Le pourtraict racourcy, des plus aspres tourmens
Qu'vne ialouse peur donne à nos sentimens,
N'y ayant rien çà bas, qui tant nos sens bourrelle,
Tirasse nos esprits d'vne gesne cruelle,
Que lors qne nous perdons & les biens & l'honneur,
Cruelle cruauté, rigoureuse rigueur,
Qui rend nostre Cocu matagrabolizé
L'entendement perclus, l'esprit desualizè
Plus estonnè cent fois que les Fondeurs de cloches,
Ou les Loups attrappez aux pieges & amorches,
    C'est vn vray sainct Mary, le patron de sainct Prix
Qu'vne fiere beauté à laschement surpris,
S'il sçait bien qu'il est sot, & malheureux l'endure,
Il est vn vray Martyr ; s'il ne sçait l'encloueure
Vn Iobez tres-parfaict, vn pur sainct Innocent,
Vn busard, vn niais, priué d'entendement
Mais on tient les Martyrs estre plus ordinaires
Souz le Nopcier Hymen; C'est pourquoy nos prieres
S'addresseront à eux plustost qu'aux Innocens,
Qui pour estre priuez de ceruelle & de sens
Ne souffrent les ennuis, & la peine cruelle

Qu'endurent les Cocus qui ont plus de ceruelle,
Ils sont plus sensitifs aux traicts d'vne douleur
Que ces pauures niais, qui viuent sans honneur,
Laissons donc ces Buzards pour parler du martyre
D'vn aduisé Cocu, qui sans cesse souspire;
    Comme tout esperdu, il ne sçait que penser,
De quel costé tourner, ny sur quel pied danser,
A qui auoir recours, de quel bois faire fleches:
Quel baume rècouurer pour guarir tant de breches
Et de coups acerez qui luy naurent le cœur :
Bref il en est logé chez Guillot le songeur,
Il tient, comme l'on dit, le Loup par les aureilles,
Et ne sçait à quel Sainct presenter ses chandelles,
Il n'a recours en fin qu'aux larmes & aux pleurs,
Afin d'esuentiller ses cuisantes douleurs.
Il deplore, attristè, la faute qu'il a faite
D'auoir choisi pour femme vne Putain parfaite,
Inuoquant, coniurant six genres principaux
De ces Cacodemons qui sont dedans les eaux,
Qui habitent les airs dans le feu souz la terre
Incubes, Feu volans, Postillons du Tonnerre:
Pour estre les tesmoins de sa calamité,
Criant: desesperé, en ceste extremité.
Desastre infortunè, desastree infortune,
O Astre trop peruers, ó quatriesme Lune
Qui dominoit au Ciel alors que ie fus né,
O Tetrigone aspect, ó poinct infortuné,
O Ciel, ô Terre, ô Mer, esclairs, tonnerre, foudre,

Courez, engloutissez, noyez, mettez en poudre
Ce pauure malheureux, venez Tigres felons,
Lyons, Ours, Leopards, & vous affreux Dragons
Vous paistre de mon corps, de mon sang qu'on s'enyure
Puis que ceste beauté, en qui ie soulois viure,
N'est plus qu'vne putain. Non, non, ie veux mourir
Plustost que voir l'honneur de ma maison perir.

O dure cruauté, ô destin deplorable,
O Espoux affligé, ô Amant miserable!
La fable, & le Zany du populaire vain,
La butte, le subiect, & le Pasquin Romain,
Où les traicts plus poignans de toute calomnie
Se viennent descocher en toute compagnie.
Quel pauois aceré? rondache ou fort boucler
Pouroit parer ses traicts? puis quil trouue en l'esclair
Des brillantes beautez de sa perfide Dame,
Le foudre rougissant, qui saccage son ame:

S'il a quelques Enfans il vois qu'à toutes mains
On leur va reprochant qu'ils sont fils de Putains,
Peut estre sont ils faicts de dix ou quinze Peres
Comme ceux d'Harlequin, estranges vituperes.

En fin, cil qui s'allie à vne grande beauté
Court risque d'estre sot, cela est arresté
Il peut bien s'asseurer si sa femme on suborne
Qu'il entre de Libra dedans le Capricorne,
De libre qu'il estoit il se rend prisonnier,
Et se figure au front vne Lune en quartier :
S'en garde qui voudra, quiconque la prent belle

Est

Eſt en hazard d'auoir vne corne en ceruelle.
C'eſt l'aduertiſſement des Bouchers bien apris,
Qui conduiſans leurs bœufs par les rues de Paris,
Craignans bleſſer quelqu'vn ſi quelque bœuf s'eſgare,
Vont crians aux paſſans, GARE LA CORNE, GARE.

SI vous la prenez laide en paſſé cramoiſy,
Vous aurez au logis touſiours vn pain moiſy,
Vn pain ſans appetit, vn pain qui vous deſgouſte,
Faſcheux à digerer, dont la noiraſtre crouſte
Cauſe à voſtre eſtomach vn deſir de vomir,
Vn laſche deſuoyement, vn eſtrange dormir
Plein de ſonges hideux, repreſentans à l'ame
Le difforme pourtraict d'vne ſi laide Femme.
   Quel plaiſir aurez vous prés de ce laideron,
Qui de ſon ſeul regard rebouche à l'eſpron
De vos plus chauds deſirs, & fera que la poincte
De vos affections n'aura plus nulle atteincte ;
Si voſtre naturel vous met trop en humeur,
Il faut bon gré, mal grè, attendre l'eſpeſſeur
De la prochaine nuict, crainte que ſon viſage
Si difforme & ſi laid n'affoibliſt le courage,
Et n'amortiſt le feu de voſtre chaude ardeur,
Penſant prendre plaiſir vous mourez en langueur
Pres de ce noir charbon : ceſte femme hideuſe
Qui enroche les cœurs comme vne autre Meduſe :
   Quel tourment au mary, bien preſſe de la faim,
N'auoir pour s'aſſouuir que ce rigoureux pain

La
Lai-
de.

Plein de paille, areneux, si rude & si estrange,
Qu'en fin il est contraint d'auoir recours au change,
Et chercher autre part vn pain pour r'agouster
Ses appetits perdus, & sa faim contenter:
S'il est tres-desireux des esbats de Cythere
Il ne peut s'assouuir de si maigre ordinere.
    L'Amour le force donc à laisser le pourtraict
De sa femme, qui n'a ny grace ny attraict
Pour aller courtiser vne plus belle face,
Dont les attraicts mignards, le maintien & la grace,
Et les trompeurs apas l'ont soudain alleché,
S'estant vendue à luy, peut estre, à bon marché,
Pour n'auoir acheté que le cul de la beste,
Qui vaut en ce mestier, beaucoup mieux que le reste,
Si bien qu'il est content d'auoir a si bas pris
Vne ieune beauté qui faict honte à Cypris,
Desirant à iamais sacrifier sa vie
A l'autel des beautez d'vne si belle amie,
S'esclauer dans les rets de ses diuins cheueux,
Et captiuer son ame aux cachots de ses yeux:
Toute nuict en ses bras auec elle il folastre,
S'estant de ses beautez rendu comme idolatre.
Il se mire au cristal d'vn visage si beau,
Qui semble vn Cigne doux pres de son noir Corbeau
    Sa femme d'autre part, comme Lune eclipsee,
Des rais de son Phœbus, se voyant mesprisee,
Et decheuë en ses droicts, remplist l'air de ses cris
Et de larmes ses yeux, sçachant qu'vne autre a pris

Sa place, & maintenant iouyst des embrassades
Des amoureux baisers , des douces accollades
De son pariure espoux , qui la fait souspirer,
S'arracher les cheueux & se desesperer,
Voyant que son Mary adultere infidelle,
Trop lascif, entretient vne ieune pucelle,
Relique du Conuent de Dame du Moulin,
Qui destourne le cours de l'eau de son Moulin,
Qui chome plus souuent, si bien que sa tremie
N'a receu de long temps semence ny demie,
Laißant außi tomber en friche son terroüer
Tout arride & tout sec, pour aller cultiuer
Celuy de son voisin, beaucoup plus agreable,
Plus plaisant au labeur , plus gras & delectable,
Arriuant rarement sans miracle nouueau,
Qu'on voye quelqu'vn s'yurer du vin de son tonneau,
Qui n'est iamais si doux , alleguant pour excuse,
Qu'il est trop viel persé, ô la plaisante ruze.
    En somme l'Escuyer est du tout desgouté
De monter la caualle , ayant d'autre costé
De superbes Coursiers, de bons Genets d'Espagne
Qui fait que de piquer sa Mazette il desdaigne,
Propre tant seulement pour vn vil Palfrenier,
Non pas pour vn galant & adextre Escuyer :
En fin il est contraint laißer sa Haridelle,
Qui ne dort, comme on dit , tousiours en sentinelle,
Ou bien sur le rosty : Mais monstre aux actions
D'auoir tousiours aymé la folie aux Garçons,

Et le ieu de Millan, semblable à la pierre
D'abeste en Arcadois, qui à iamais enserre
La chaleur qu'vne fois elle a pris en naißant:
Ainsi ce noir charbon conserue vn feu cuysant
Au profond de son cœur, allumé de naißance:
Et puis le vermißeau de la concupiscence,
Et le Demon charnel, souflant dedans ces feux,
R'enflamme en vn instant ce brazier amoureux:
      Ne faut donc s'estonner, si vne humeur ialouze
Consomme plain d'ardeur le cœur de ceste Espouze,
Et luy faict esuenter mille soußpirs ardens,
Souuent rage du cul paße le mal des dens.
Ce n'est donc sans subiet si on l'entend se plaindre,
Ores par mille attraits inuiter & contraindre
Son desgouté Mary aux esbats amoureux,
Mais en vain: car il est vne glace à ses feux,
Elle a beau desguiser en saulse delicate
Sa mal plaisante chair, si son Mary en taste,
Elle a beau l'exciter pour le mettre en humeur,
Ayant ailleurs versé sa cinquiesme liqueur,
Iusques au fonds de la lie & ioüé de son reste:
Si bien qu'au conquerrant il ne peut faire feste,
Ce qui la faict mourir mille fois sans mourir,
Viuoter languißant, & viuante languir,
Lanceant a tous momens vn foudre de colere
Contre son fier Mary, l'appellant adultere,
Ores l'adoucissant de mielleux discours
Pensant le destourner de ces folles amours,

Qui la rendent sans fruict, sterille, seiche & maigre,
Et qui le plus souuent en humeur luy font perdre
De bonnes esclusees à faute de Musnier,
Et les saulses, qu'ailleurs verse son Cuisinier.

Mais ses sucrez discours, ses paroles de crime,
Sont des coups au mary fourrez de vieille escrime:
Des Chimeres en l'air,, des Cocsigruës en mer,
Car il ne peut iamais son laid visage aymer,
Charmé ailleurs des traicts d'vne beauté exquise,
Qui faict qu'il ne veut auec elle auoir prise,
Assouuir ses desirs, contenter ses desseins
Communiquer son droict, produire ses tesmoins,
Elle a beau appeller ou presenter requeste,
Son Arrest aura lieu, qu'il ira à l'enqueste
Ailleurs où il voudra, qui met en cest endroit
La Dame au desespoir, ayant perdu son droict.

Cest alors qu'Erennis la mere de discorde,
Chasse de leur maison la paisible concorde,
Pour allumer le feu de la diuision,
Et souffler les Autans de la sedition,
Lesquels germent entre eux vne ialouze rage,
Peste de vrays Amants conioints par Mariage,
Gangrene de l'Amour, chancre de l'amitié,
Fontaine de malheurs, source d'inimitié:
Inimitié qui rend vne femme infidelle,
Taschant par tous moyens de rendre la pareille
A son friand mary, lequel tout degousté
Ailleurs qu'en son endroict cherche sa volupté.

Luy faisant volontiers le reproche semblable
Que fist vn certain Loup, trouuant dans vne estable
Quelques fripons Bergers qui mangeoiët vn Aigneau,
Quand il leur dit Messieurs, qui pillez le troupeau.
Hê quel bruit feriez vous si ainsi en cachettes
Ie faisois maintenant ce que hardis vous faites ;
      Ainsi diroit la Dame à son pariure Espoux,
Qui feroit neantmoins comme luy de bons coups,
Si elle auoit moyen pour son change luy rendre,
S'il achette la chair, il la contraint d'en vendre,
Mais difficilement, malheur est que beauté
Deffaut souuent à cul de bonne volonté :
Quel remede à couurir ce defaut de nature,
Nostre laide a recours à l'art de la peinture,
Composant quelque fard pour se plastrer le front,
Sa face desguiser comme les Garces font,
Allambiquant des eaux pour lauer son visage,
De Lys de Nenufar, de Concombre sauuage,
De Feues, de Boüillon, & de ius de Limons,
Graine de Psyllium, semence de Melons,
Pour effacer du teint les taches apparentes,
Ores dreßant vn fard de drogues differentes
De Tartre calciné, & d'Alun Zucarin,
De Gome-Tragacant, ioint à l'vnguent Citrin,
De poudre de Boras, de Canfre & de Ceruse,
D'huille de Talc, de Ben, & Myrrhe dont on vse,
De sel Ammoniac, de Nitre & sel gemmé,
D'vn peu de blanc de Plomb, & d'Alun emplumé

Puis pour donner aux ioües vne couleur vermeille,
Representant au vif la couleur naturelle,
Nostre laide sçait bien de Santal rouge vser,
D'Orcanette & Bresil pour la bien desguiser :
D'Espagnol Vermillon, en eau alumineuse
Pour rendre vne couleur vermeille & gratieuse.
Nostre laide en apres, pour rendre ses cheueux
Grossiers, gras, morcurez, noirastres & lenteux,
A mille inuentions se monstre tres-actiue,
Se seruant dextrement de certaine lexiue
De la fleur de Genest, Capilli-veneris,
Polypode, Quercin, Stecas & Berberis,
De la cendre qui vient des racines d'Hyerre,
Des razures de Boüis & de fiel de terre,
Mellisse, Cetherac, escorce de lupins
Pour rendre ses cheueux plus deliez & plus fins,
Iaunastres, chastenez, ou de couleur Citrine,
Semblables aux cheueux de la douce Cyprine :
Frizez, crespillonnez, frizotez, crespillez,
Ondelez, perruquez, retors & annelez,
Cendrez, poudrez musquez de poudre de violette :
Benion & Storax, Ambre-gris & ciuette,
Si qu'allant par la rue elle laisse en passant
De son chef parfumé vn odeur doux-flairant :
   En somme il faict bon voir l'idole reuernie
Et replastrce à neuf la face bien garnie,
D'artifice & de fard de subtiles façons,
Et d'attrais desguisez pour gagner des Mignons :

Mais en vain tous ses fards: ce subtil artifice
Ne peut si bien couurir de nature le vice,
Qu'il ne paroisse en fin, elle a beau satiffer,
Pinceter ses sourcils, se farder, piaffer,
Faire bien les doux yeux, aller à l'escarmouche,
Des ames & des cœurs, bailler l'eau á la bouche,
Tenter tous les moyens de gaigner vn Amant,
Pour rafraichir ce feu qui brusle son deuant,
Exciter l'appetit, marcher à la r'en-cherche,
Pour attirer quelqu'vn qui d'amour la recherche,
Mais personne n'en veut: encore que son teint
Iaunastre & bazané soit subtillement peint:
Sa hideuse laideur luy sert d'vne deffence,
Aucun n'est si osè de prendre l'asseurance
Que d'assaillir ce fort: C'est vn ferme rampart,
Qui va descourageant le Cyprien soldart,
De liurer vn assaut à si fascheuse bresche,
Ou descocher dedans son amoureuse flesche:
C'est vn masche-coulis, le haut garde le bas,
Et empesche d'aller aux amoureux combats.
Helas, que fera donc la pauure infortunee,
Qui n'eust iamais pensè cuire en ceste fournee:
Quel ayde, quel secours, pour appaiser ce feu
Qui la va consommant, & brusle peu á peu
Le centre de son cœur d'vne amoureuse flame,
Qui luy fera bien tost sans secours rendre l'ame:
   Courage, il faut trouuer quelque bon poussanant
Quelque faquin valet, ou palfrenier puant

Flairant sentant de loin le parfun de l'estable,
Ou l'odeur du bouquin fascheux & detestable,
Quelque gros Halfessier & lourdaut amoureux,
Muny assez d'humeur pour esteindre ses feux,
Nostre laide à la fin trop lasche s'abandonne
A vn pauure valet qui tres-bien la bouchonne,
Sous le ventre & partout, il l'estrille à plaisir,
Assouuissant ainsi son amoureux desir
Entre les bras puants d'vn garçon d'escurie,
Qui sçait bien appaiser sa plus chaude furie
Et refrener vn peu ceste amoureuse ardeur
Qui redouble son pouls, & la met en humeur,
L'inuitant dornauant de labourer sa vigne:
Mais ce garçon voyant ceste laideur insigne,
Ne veut plus trauailler en si laid attelier,
(S'il n'est tres-bien payé) on a beau le prier,
Il ne veut plus ioûer sinon argen sous corde,
La Dame oyant cela, contrainte luy accorde
Des gages tous les mois, afin d'entretenir
Son cul de volupté, & ce ieu maintenir.

     Voyez comme tousiours la laideur on deteste,
Pensant vendre sa chair, il faut quelle en achete
Vn malotru valet, vn coquin palfrenier,
Pour luy donner plaisir se veut faire payer.
Quel malheur, hé bon Dieu, quel estrange mesnag,
O desastré mary, ô fascheux mariage
Ils sont contraints tous deux, estrange affliction,
D'acheter de la chair pour leur prouision.

Espoux nifortuné ta Meduze hideuze,
Ta laide en cramoisi, ta noiraftre craßeuse,
Te crayonne aufi bien fur le front vn Croißant,
Qu'vne extreme beauté que l'on va courtifant:
Ton ame neantmoins n'en eft point plus ialouse,
N'ayant iamais aymè vne fi laide efpouse,
Pour auoir autre part mis tes affections
Source de tant de maux & de diuifions.

   Voyez! donc quel danger d'efpoufer femme laide
Tous deux font à l'emprût, tous deux cherchêt de l'aide
L'vn ayme vne Putain, & l'autre vn Palfrenier,
L'vn le faiɛt au bordeau, l'autre pres d'vn fumier:
L'vn le faiɛt hardiment, l'autre le faiɛt en crainte:
L'vn le faiɛt librement, & l'autre par contrainte:
L'vn le faiɛt en fecret, & l'autre ouuertement,
Tous deux prennent plaifir au pris de leur argent,
Tous deux font en hazard, aux bordeaux & eftables,
De gaigner par argent le Royaume de Naples,
La Duché de Surie, au coin des refondus,
L'Ifle de Claquedent, au climat des perdus,
Sans oublier encor la Comtè de Bauiere,
Marquifat de Tremblé, Pelade, & Boutonniere.

     Confiderez Leɛteur quelles fucceßions,
Royaumes, Marquifats, Duchez poßeßions
Heritent ces Amans, vrays foldats de Cyprine,
Lefquels vont s'abyfmans au gouffre de ruine,
Qui caufe ces malheurs au defaftré Mary,
Qui peut-eftre mourra de verolle pourry,

Sinon d'auoir choisi vne si laide femme
Qui la contraint brusler au rais d'vne autre flamme
Pour auoir espousé vn visage hydeux
Il se void á la fin chetif & malheureux,
Priué de tout plaisir, veuf de toute liesse,
Captif dans les liens d'vne laide maistresse,
Qui soubs le ioug Nopcier le tient encheuestré,
Ne pouuant que par mort en estre depestré:
Et croy que si encor la coustume estoit telle
Qu'entre les Chaldeens dont l'espouse nouuelle
Estant conduite au soir au logis de l'Amant,
Le Prestre deuant tous alloit lors allumant
Le feu Nopcier sacré, qui ne deuoit esteindre
Quo'n ne veist a l'instant leur mariage enfeindre,
Si que les aMriez auoient la liberté
De ce remarier en toute seureté,
Ailleurs où ils voudroient, la flamme estant esteinte,
Nostre ennuyé Mary sans aucune contrainte,
Eust-tost ietté de l'eau pour ce feu amortir,
Et dissoudre ce nœud qui le faict repentir,
Ayant lasche espousé vne si laide cheure,
Dont les noires vapeurs luy causent vne fieure
Qui le faict horribler & frissonner de peur,
Considerant de pres sa difforme laideur:
Laideur, iugez combien luy doit estre odieuse,
Puis qu'vne grand' beauté en trois iours est fascheuse.
Mais le gros buffle est prins, comme on dit, par le nez,
Le sort en est ietté, les dés en sont tournés.

Ce n'est pas ieu d'enfant, chapitre de reprise,
Depuis que sous ce ioug nostre ame se void prise,
Elle peut s'asseurer que cest engagement
Nous doit accompagner iusques au monument:
Le repentir est vain , toutes belles excuses
Ont les pasles couleurs ; pour neant mille ruses,
S'imaginent apres , il faut franchir le pas
Sans dire en souspirant , las ie ny pensois pas:
Mais laissons ces Amans desplorer leur seruage,
Pour conter au Lecteur vn autre mariage.

la
Ri-
che. **SI VOVS L'EPOVZEZ RICHE & pleine**
de moiens.
Extraicte de haut lieu & Parens de Noble ,
Vous vous perdez du tout, vous tombez en vn Scylle,
En vn Caribde affreux , vn Syrte difficile,
Vous pensez l'espousant auoir bien du plaisir,
Et vous n'espousez rien qu'vn fascheux desplaisir,
Vous pensez l'espousant viure en toute liesse,
Et vous mourez viuant accablé de tristesse,
Vous pensez l'espousant comme vn autre Ixion,
Embrasser plein d'espoir vne riche Iunon,
Et vous n'espousez rien qu'vne venteuse nuë,
Qui brouille vos espris , & sille vostre veüe,
Ne pouuant rien sortir d'vn tel accouplement
Que Centaures d'ennuis , que Monstres de tourment
L'espousant vous pensez espouser vne femme ,
Et vous n'espousez rien qu'vne superbe Dame,

Qui vous gourmandera comme vn vil Seruiteur,
Et vous fera mourir en extreme langueur;
De libre vous voila tombé en esclauage,
Et voſtre libertè court vn piteux naufrage
Sur l'Ocean enflè de vents de ſa grandeur,
Qui vous abiſmeront au gouffre de malheur.

Vous penſez, comme on dit, brauer en pleine foire
Chargé d'or & d'argĕt, cŏme on vous faiĉt accroire,
Vous penſez l'eſpouſant auoir tout à ſouhait,
Vous errez au calcul, voſtre compte eſt mal faiĉt:
Amy vous vous trompez, vo⁹ cŏtez ſās voſtre hoſte,
Vous conterez deux fois : vogant ſur ceſte coſte
Vous penſés butiner les threſors du Leuant,
Pippé d'vn vain eſpoir qui vous va deceuant:
Mais vous ne gagnez rien que reproches piquantes
Dont on va repaiſſant vos trop folles attentes.

Vous verrez quelquefois ceſte femme en fureur
Vſer en voſtre endroit d'vne eſtrange rigueur:
S'il aduient par hazard qu'vn important affaire
Où elle ait intereſt, vous ayés voulu faire,
Soit ou pour receuoir le raquit & payement
D'vne rente amortie, à elle appartenant,
Ou ſoit que ce rembours à brauer tu deſpence,
Lors elle te repart d'vne fiere arrogance:
Quoy maraut, penſe-tu de mon bien diſpoſer?
Eſt-ce le ſeul ſubieĉt qui t'a faiĉt m'eſpouſer?
Hé quoy, voudrois-tu bien, gueux à plate beſace,
Qui faquin, és ſorty d'vne ſi baſſe race,

Selon tes appetits diſpoſer maintenant
De mes commoditez, & trencher du Rolant,
Portant habits pompeux de ſoye à chiquetades,
Ie t'empeſcheray bien de faire ces brauades
Aux deſpends de mon bien, te ſerrant de ſi pres
Le mords, que tu n'auras moyen de mordre apres.
Vas ten en Canada peſcher aux Eſcreuiſſes,
Et ne viens point icy reprocher tes ſeruices,
Tu es vn gentil ſot, ie t'ay fait trop d'honneur
De t'auoir eſpouſè, & donnè ma faueur,
Tu n'auois, mal-heureux, que la cappe & l'eſpee,
Comme vn Aduenturier, lors que tu m'eus trompee,
Sans moy, pauure maraut, viure tu ne pourrois:
Tu es donc trop heureux de me ſeruir cent fois,
Pour toy i'ay refuze cinquante Gentils-hommes
Iſſus de fort bon lieu, qu'à preſent ie ne nommes,
Leſquels me recherchoient pour mes nobles parens,
Mon exquiſe beautè, ma richeſſe & mes biens ;
Tu deurois donc baiſer à toute heure la place
Où ie poſe mes pas, t'ayant fait tant de grace
De t'auoir ſeul choiſi entre tant d'Amoureux,
Eſpriſe follement d'vn amour malheureux,
Et pipee aux attraits de tes douces blandices,
Tes appas deceueurs, tes ſubtils artifices ;
Dont, fin, tu t'es ſeruy, pour gagner ſouz l'Hymen
Ma grace, mon amour, & iouyr de mon bien :
C'eſtoit à mes moyens qu'on vſoit de careſſe
On courtiſoit mon corps pour auoir ma richeſſe,

Ce n'eſtoit point à moy que s'adreſſoit l'amour,
C'eſtoit à mes eſcus que l'on faiſoit la cour :
    Mais las, pauurre abuzé, tu n'es pas où tu penſes,
Ie t'empeſcheray bien de faire des deſpences,
Et tourner ſi ſouuent les dez à mes deſpens,
Banqueter tes amis ainſi que tu pretens,
Trencher du liberal en toute compagnie,
Ayant de mes eſcus la bourſe bien garnie,
Ioüer, boire d'autant, folaſtrer en tous lieux,
Piaffer tous les iours en habits ſomptueux,
I'auray toſt arraché ceſte folle eſperance,
Te tenant de ſi pres l'argent & la finance,
Que tu n'auras moyen d'accomplir tes deſſains,
Si tu m'y veux forcer tes efforts ſeront vains :
Ie ſçauray bien dompter céſte fougue Eſpagnolle
T'oſtant auec l'argent le cœur & la parolle ;
    Qui demeure eſperdu, immobil eſtonné,
C'eſt le pauure Mary, plus que s'il euſt tonné,
Eſtourdy du Batteau, & camus à merueilles,
Ceſte tempeſte oyant, ſi pres de ſes aureilles,
Il eſt tout hors de luy, ſon eſprit trauaillé,
Demeure tout confus ſe voyant rauallé
Du haut du firmament d'vne belle eſperance,
Au centre plus profond de toute defaillance :
Ia deſia il penſoit eſtre aux quatre Elements,
Et au Cube carré de ſes contentemens,
Sonz l'Equinoctial foiſonnant d'abondance,
Au cercle Apogean d'vne riche puiſſance,

Au Solstice esleué de toute volupté,
Et à point vertical d'heur & felicité.
Ia il pensoit auoir gaigné la riche flotte
De l'Inde ou du Peru, comme vn expert Pilotte,
Vn subtil Escumeur, vn Pyrate ruzé,
Mais il se trouue en fin sottement abuzé,
Pensant auoir trouué la pierre aux Alchimistes,
Et les riches lingots des fins Paracelsistes,
Pour s'estre marié pour les biens richement,
Il ne remporte rien qu'vn grand contemnement.
Ses fourneaux, son metail, sont tournez en fumee,
Sa ieuneße à souffler en vain s'est consommee
A souffler, plain d'amour, mille souspirs ardens,
Pour de sa riche femme obtenir les moyens,
Pensant en bon argent transmuer, son Mércure,
Il le void transformé en mespris & iniure,
Voyant à coups de bec sa femme l'outrager,
Voudroit bien s'il pouuoit, d'elle se reuenger,
Mais il n'ose gronder ny dire vne parolle
Qu'il n'ait tout aussi tost le retour de son rolle,
S'il passe plus enant & la vueille offenser,
Et en ses actions trop prompt la trauerser
Ou de colere esmeu il vse de main mise,
Lors il est menaßé d'estre mis en chemise,
Renuoyè au bißac en chausses & pourpoint,
Puis ses parent sont là, lesquels ne manquent point
De Rolans, Fierabras, & des Trenche-montagne,
Qui luy feront bien tost mesurer la campagne,

                                        Ou

Ou bien luy tailleront des iartiers d'incarnat:
Ainsi sera payé le brauache soldat
Pour merite loyer & digne recompence,
D'auoir pour l'espouser consommè sa substance.
    Mal-encontrè Mary, qui pensoit auoir pris
Vne femme en ses laqs & elle l'a surpris,
Luy tenant de si pres le pied dessus la gorge
Qu'à peine il peut vser des soufflets de sa forge:
Le renge souz ses loix la baguette à la main,
Luy faisant bien ronger & remascher son frain,
Ores le maniant à diuerses passades
A courbettes, à bonds, voltes, & ballotades:
Sa dame est l'Escuyer, il n'est que le Poulain
Bridé, sanglé, piquè comme vn retif vilain,
Le caueson au nez, le mords tousiours en bouche,
De crainte qu'il ne soit trop fougoux, ou farouche,
Le rendant à la main plus souple & obeissant
Que n'est à son Regent le plus craintif Enfant.
Il est plus malheureux mille fois qu'vn Corsaire,
Prisonnier sur la mer en extreme misere
A la rame attaché, pour luy faire sentir
De tous ses larrecins vn triste repentir,
Estant contraint souffrir les rudes escourgees
D'vn Comite cruel aux humeurs enragees;
Si dans le Galiot quelque faute il commet
Au profond de la mer tout soudain on le met.
    De mesme est ce Mary attaché à la rame
Des fougueuses humeurs de sa superbe Dame

e

Qui le force d'obeir à ses complexions,
Et ployer souz le ioug de ses affections,
Luy faisant aualer en vn iour plus d'iniures
Qu'vne Truye en vn an ne boiroit de laueures;
Ce sont les nerfs de bœuf de ce Commite fier,
Dont la Femme souuent pratique le mestier
A l'endroit du Mary, tombé en esclauage
Dans les creuses prisons de son hautain courage,
Luy tenant des propos beaucoup plus rigoureux
Qu'vn Comite inhumain au Forçat malheureux.
    Impudent ose tu esleuer la paupiere
De ta presomption contre ta nourriciere,
Dira ceste superbe à son Mary captif
S'il faict trop le fascheux, le rebelle, ou retif,
Il est contraint d'obeir, d'endurer, & se taire.
Enchainé aux Cachots de si rude Geoliere,
Qui luy tiendra ces mots : Ha petit Auorton,
Potiron d'vne nuict, trop foible reietton:
Ha petit Vermisseau, qui rampes de nature,
Qui au monde t'ay mis comme ma creature,
Oze-tu maintenant contre moy t'esleuer,
Toy qui comme Vassal dois de moy releuer?
Tu as le nez trop court pour auoir l'asseurance
De m'oser attaquer ou me faire nuisance?
Autrement ie ferois sur ta teste orager
Vne gresle de coups, si tu l'osois songer;
Retire toy Coquin hors de deuant ma face,
Ie le dis, ie le veux, & me plaist qu'on le face;

Ie ne veux plus t'ouyr tempester si souuent,
Pensant par ce moyen tirer de mon argent ?
Tu as donc beau fouguer & vser de menaße,
Car ce n'est pas pour toy que ces œufs on fricaße,
Mon argent & mon bien sont voüez autre part
Que pour entretenir vn esuenté soldart ;
Tu as, pauure estourdy fort mal pris tes mesures,
Tu peux bien autre part chercher tes aduentures.

Quoy ? ce pauure Mary pourra-il supporter
Ce foudroyant esclat, & ferme y resister.
Non, non, il ne pourroit non plus que la rosee
De l'Aurore estiual, aux rayons exposee
Du Délien flambeau, lequel va dißipant
Cet humeur matinal, au Midy s'esleuant :
Ou bien diray ie encor non plus qu'aux monts d'Indie
Les petits Pigmeens à la rude bondie
Des Grues & Vautours, lesquels tout à la fois
Les enleuent en l'air, deux à deux, trois à trois :
De mesme le Mary n'a non plus de puißance
De soustenir l'effort & la fiere arrogance
De sa femme en courroux, qu'vn mechant petit Nain
Ou la Caille à l'endroit du Faucon inhumain :
C'est contre les Geans entreprendre l'escrime,
Et ronger du Serpent l'Esopienne lime ;
C'est vouloir opposer la pointe d'vn streßon
Pour arrester le choc d'vn ferme bataillon :
C'est vn pierreux rocher contre le tendre verre
De vouloir resister à ce foudre de guerre.

La nature a donné à tous les animaux
Moyen de se deffendre encontre tous aßaux,
Elle a voulu doüer d'vn prompte viteße
Les Lieures trop craintifs , si quelqu'vn les oppreße;
Elle a voulu donner des crochets au Sanglier,
Des cornes au Taureau , au Cerf, & au Belier,
Aux Serpents vne queuë , & aux Pigeons des aisles,
Aux Herōs vn grād bec, aux Vautours, & aux Aigles,
Aux Mousches l'aiguillon pour nous esguillonner,
Aux Femmes tout ainsi elle a voulu donner
Trop foiblettes de corps, la langue pour deffence,
Leur rempart aßeuré , & leur ferme aßeurance,
Leur grand palladium, leur Dongcon & leur fort,
Leur refuge dernier, leur vnique support.
Leur langue est leur carcois, leu fureur, leur sagettes,
Pires cent mille fois que ceux des Maßagettes.
Dont les coups acerez ne donnent que la mort,
Et les leur tuent l'honneur, ou le bleßent bien fort.

Le Mary laiße donc siffler ceste Couleuure
Sçachant que son venin tant seulement demeure
A la gorge & aux dents, ainsi le noir venin
Et le poison mortel du sexe feminin
Ne gist tant seulement qu'en leur langue meschante,
Laquelle est mille fois plus aigue & trenchante
Qu'vne lame d'acier, qu'vn poignard aceré,
N'estant homme si fort, constant & asseuré,
Qui frappe de ses traicts ne perde la constance,
Se voyant gourmandé par ceste fiere engeance,

Vergongné mafliné d'vn fi vil animal,
Animal imparfaict, qui n'eft né qu'a tout mal;
Animal importun, fuperbe, plein de rage,
Effronté, mefdifant, inconftant & volage:
Animal fimulé tout confit en trahifon,
Hypocrite fardé, fans efprit ny raifon.

    O fexe lunatic, ó femme trop fantafque,
Plus cruelle aux humains que l'inhumaine Parque,
Que la fiere Atropos, tant feulement couppant
Le filet de nos iours. Et toy tu vas trenchant
De ton fatal cifeau, ta langue enuenimee
Auffi bien que le corps, l'heureufe renommee.
CONTEMPLEZ donc Lecteurs, & deux fois contĕplés
Combien font malheureux ceux qui font enrolés
Aux prifons de l'Hymen, fouz Dame fi puiffante
Extraicte de haut lieu, en richeffe abondante :
Vous pauure d'autrepart, d'vn lieu vil & abiect,
Vous rendant fon vaffal, & obeiffant fubiect,
Son valet, fon garçon, fon Laquais & fon Page,
Detenu prifonnier en Turquefque feruage,
Ayant pour l'efpoufer vendu la liberté
Pour vn petit de bien feruement acheté.
Quiconque voudra donc qu'efclaue on le mafline,
Fera bien d'efpoufer femme riche & mutine

SI vous l'efpoufez pauure en toutepauureté   La
  Vous tramez vn filet qui vous tient enreté   pau-
Aux prifons, ou toufiours voftre ame ĕdure & fouffre   ure.

Vous mesme vous creusez & l'abisme & le gouffre,
Lequel doit engloutir vos plaisirs plus plaisans,
Pour vous laisser apres mille soucis cuisans,
Qui vsent vos esprits d'vne lime rongearde,
Et rendent vostre humeur fantastique & songearde,
S'alambiquant du tout à chercher le moyen,
Fuyant la pauuretè d'amasser quelque bien
Pour nourrir vos Enfans, vostre train & famille,
Qui vous faict supporter des gesnes mille & mille
Arriuant bien souuent contre toute raison,
Qu'on verra plus d'enfans en moyenne maison,
Qu'aux maisons de ces Grands, riches & opulentes,
Qui manquent d'heritiers pour posseder leurs rentes.

     Si pauure vous auez des Enfans à foison,
Cela redoublera le trop cuisant frisson
De leur gaigner du bien, vostre Femme estant pauure,
N'ayant d'or ny d'argent, enrichy vostre coffre,
Pour n'auoir apporté que le cul & les dens,
Qui requerent tous deux de tres-grands entretiens:
Il faut de volupte que son cul on nourisse,
Et que la faim des dents, de pain on assouuisse,
Qui est au pauure Espoux vn os dur à ronger,
Et le faict de despit à toute heure enrager,
La teste secouant aupres de sa compagne,
Comme vn Barbet mouillé ayent pesche la Cane:
Et n'est que de sa part il a quelques moyens,
Il ne pourroit nourrir sa famille & ses gens,
Pour auoir follement, plein de flamme amoureuse

Espouzé sans argent vne necessiteuse,
Pipé par les attraits d'vne fresle beauté
Qui le tient maintenant en grand captiuité:
Car combien qu'elle fust pauurette & disetteuse,
Ne laisse neantmoins d'estre fort glorieuse,
Faut-il, helas, faut-il qu'vn peu de volupté
Ait fait à si bas prix vendre la libertè
De ce pauure Mary , ayant pris alliance
En lieu vil & abiect, sans aucune esperance
D'auoir quelque secours en ses necessitez,
De si pauures parens, sans biens n'y qualitez,
Tous gents de bas alloy, d'vne chetiue race;
Faut-il qu'vne beauté qui tout soudain s'efface ,
L'ait tant fait oublier & esgarer de sens,
D'auoir ainsi foulè l'honneur de ses parens ,
Sa race, sa maison, laschement profanee
Souz les rustiques loix d'vn si pauure Hymenee :
Hé, quoy ? Diray-ie encor, faut-il que ces espris
Par les rais d'vn bel œil ayent tant esté surpris,
Charmez : & amorcez , ensorcelez encore ,
D'vn œil vrayement d'Aspic , qui ces plaisirs deuore,
Pour luy faire adorer sous ie Nopcier lien,
Vne seule beauté, vefue de tout moyen,
D'amis, & de parens , vne bien pauure fille ,
Qui raualle si bas l'honneur de sa famille.

  Ses plus proches parens le quittent d'amitié,
Ayant pris sans conseil pour sa chere moitié,
Vne fille qui n'a qu'vn visage agreable ,

Pauurete, sans parens, sans moyens peu sortable,
A son antique race & à ses qualitez,
Ce qui rend ses parens contre luy despitez,
Ayant retrogradé de la dixiesme sphere,
Et du haut Cercle Astré brillonnant de lumiere
Où ses nobles parens auoient haußé son nom,
Et grauè la splendeur de son fameux renom,
Pour lasche s'abaißer iusqu'au Cercle Lunaire,
Qui par vn pauure Hymen vient obscurcir sa gloire.
    Voyant donc ses parens ainsi le contemner,
Cela luy faict außi de sa part desdaigner
Sa femme ja content de son mignard visage,
Desdain, qui germe être-eux vn tres mauuais mesnage
Si la pauurette veut au logis commander,
Son Mary tout soudain, la voudra gourmander,
Luy disant pense-tu estre Dame & Maistresse,
Et commander ceans ainsi qu'vne Princesse?
Ic te r'enuoyeray bien au champs à tes Moutons,
Nous n'auons pas esté, toy & moy compagnons:
Tu n'estois rien sans moy qu'vne simple Hardelle,
Et ie t'ay faict porter l'habit de Damoiselle,
Tu n'as rien apporté que le cul seulement,
Tu n'auois quand tu vins qv'vn pauure vestement
La robbe de blanchet comme vne Villagoise,
En teste vn couure-chef, à la mode Viroise:
Et enflee auiourd'huy du leuain de mon bien,
Te voyant sur le dos ce superbe entretien,
Tu me veux cõmander, cõbien qu'on t'ait fait naistre

D'vn Atome leger, & presque d'vn non estre
Ta memoire, & ton nom, gisoient côme au Tombeau:
Naistre & ressusciter, ie l'ay faict de nouueau,
Esclorre ie t'ay faict de la poussiere & cendre
D'vne grand' pauureté, pour heureuse te rendre,
Comme vn nouueau Phœnix, renaissant peu à peu,
Des cendres de son corps consomme par le feu:
Neantmoins comme vn Pan tu est alles tes aisles,
Tu veux trencher du pair auec les Damoiselles:
Croy, que i'abaisseray ton arrogant caquet,
Te faisant mettre bas la coiffe & l'affiquet:
Lors la femme repart, esprise de colere,
Pense-tu que ie sois comme vne Chambriere?
Tu as beau detester tous les quatre Elemens,
Ton espouse ie suis, en despit de tes dens:
Il faut doux comme laict aualler ce breuuage,
Puisque l'Hymen Nopcier nous ioinct par Mariage,
Bien que ie fusse pauure & sans commodité,
Chacun me recherchoit pour ma rare beauté:
Vn regard de mes yeux, vn seul traict de ma face,
D'vn Scythe le plus fier eust peu gaigner la grace,
Ie ne pouuois manquer de trouuer bon party,
Ayant de cent beautez le visage assorty.

   Quoy? penserois-tu bien que i'eusse esté perduë
Si espouse chez toy ie n'eusse esté renduë?
Mon visage parloit pour moy incessamment,
Et pouuoit m'acquerir des Maris sans argent,
Ne me reproche point par colere ou menace,

Que mon estre i'ay pris d'vne trop basse race,
Pour oser contre toy faire comparaison,
Femme tu ne deuois me prendre en ta maison,
Si tu ne desirois m'auoir pour ta compagne :
Pauure ie ne veux point qu'vn Mary me desdaigne,
Pourquoy m'espousois-tu pour ainsi m'outrager,
Qu'heureuse i'eusse esté d'espouser vn Berger
Plustost qu'vn tel Tyran, de nature cruelle,
Qui me tient en prison comme vne Criminelle,
Me gourmande, me bat, ainsi qu'vn chien mastin,
O trop barbare Espoux, ô cœur diamantin,
Infortuné Mary, qui eust dit qu'vne Gueuse,
Qui n'auoit que le cul, eust esté si fascheuse,
Qui eust iamais pensé, qu'vne qui n'auoit rien
Que la seule beauté, le rustique maintien,
De discours arrogans, eust voulu te rabattre,
Et iouer la Medee ainsi qu'en vn theatre,
Tu pensois l'espousant estre mieux respecté,
Mieux seruy, mieux obey, pour sa grand pauureté,
Tu sçais où tu en és, tu en as belle lettre,
Tu ne deuois iamais pour ton espouse admettre,
Vne fille si pauure, alleché d'vn desir
Qui te fait acheter vn trop cher desplaisir:
   Tousiours sa pauureté te faict baisser la teste,
Et son fascheux caquet te tourmente & moleste,
Sous silence ie tais tant de soucis cuisans,
Tant de soin d'amasser du bien à ses Enfans,
Tant de nuicts sans repos, & tant d'inquietudes.

Tant de iours en trauail, fascheuses seruitudes,
Tant d'ennuis . de chagrins, fruits de la pauureté,
Qui tiennent ces esprits aux prisons aresté,
N'estant point aduancé du costé de sa femme,
D'argent n'y de moyens , cela luy ge ne l'ame;
  Il est plus tourmenté qu'vn Zisiphe aux Enfers
Sentant de panureté les plus rigoureux fers,
Le soin le va rongeant, sa Femme le trauaille;
Ses Parens despitez luy liurent la bataille :
Voila le foudre aigu, aussi les triples fleaux
Qui luy font endurer de tres-rudes assaux :
Mais ce qui plus des trois le gesne & le bourelle,
C'est de voir commander sa femme en Damoiselle
Superbe aller par haut, brauer effrontement,
S'enfler pleine d'orgueil, respondre arrogamment,
N'estant rien si fascheux , ny tant insupportable,
Qu'vne pauure enrichie, ô chose detestable,
Estrange changement, que de voir vn Serpent :
Qui n'aguere trainoit sur le ventre rampant :
S'esleuer haut en pieds, & d'vne humeur hautaine
Brauer les animaux qu'il rencontre en la plaine :
O Monstre contrefait, ô changement diuers,
Nature que ie croy, opere de trauers,
En metamorphosant vn cœur d'humble Bergere,
Nourrie entre les champs, le chaume & la fougere,
En vn courage enfle plein de presomption,
Pour morguer son Mary à la moindre action.
Hê Dieu, quel changement, quel estrange coustume,

Quel amer gobelet , quelle horrible amertume,
De voire ceux qui n'ont rien apporté au logis,
Commander plein d'orgueil , de honte i'en rougis,
Ie frissonne d'horreur , de voir vne Coquine
Gourmander son Mary d'vne façon mutine :
Si bien qu'il est contraint par vn baston noüeux
D'arrester quelquefois son caquet ennuyeux,
Et rabaisser vn peu son audace effrenee,
Puis estant comme elle est de pauure parens nee ,
Cela le rend encor plus prompt à la ranger,
N'ayans aucuns parens qui la puisse venger:
L'vn pleure, et l'autre bat, l'vn fougue, & l'autre crie,
Voyez qu'vn pauure Hymen donne de fascherie,
Quels deux predicaments : l'vn est en action ,
Qui tempeste , qui bat : & l'autre en passion
A receuoir les coups en extreme agonie.
Quel Disdiapasson , quelle rudes harmonie,
Quelle Musique , hê Dieux , quel discordant discort
Entre ces mariez ; quelle mourante mort?
L'vn se plaignant des coups, qu'à grand tort il endure:
L'autre de pauureté , tres-rigoureuse & dure,
Qui la reduit si bas qu'il est presque indigent,
Pour auoir espousé sa femme sans argent ,
Et voyant bien qu'elle est cause de sa misere,
Cela luy faict lascher sur elle sa colere,
Desgorger sa fureur , chargé de tant de soin,
Tant d'enfans: & l'argent luy faillir au besoin,
Puis mesnage est pesant (comme l'on dit) en diable,

Ayant l'appetit grand, le foye insaciable,
Auide l'estomach, si tres-longues les dens,
Qu'il seroit bien requis pour tous ses entretiens
Saouler ses appetis, à sa fin satisfaire,
D'auoir de l'Espagnol la bourse pecuniere,
Dans laquelle l'on void souuent reuerberer
Les rayons iaunissans de l'Astre iournalier,
De l'Inde, ou du Peru, des Isles Philippines,
Mexique & Calicut, où sont les riches mines;
Sous l'Atome duquel la forme & les rayons,
Le grand Iupin voulut descendre en ses cantons:
Sans lequel nos amours se tournent en furie,
Sans lequel on nous fuit, attains de ladrerie:
Depuis que nous voyons ce donne vie argent,
Prendre congé de nous, tout se tourne en tourment,
Nos plaisirs en douleurs, & nos ris en tristesse,
Et bref la pauuretè est vne rude hostesse,
C'est vne maladie où tous les Medecins,
N'entendent rien du tout, bien que rusez & fins,
Non, pauureté n'est rien qu'vne Paralisie,
Vn dormir lethargic, qui tient l'ame transie,
Tous les nerfs engourdis, ostant le mouuement
Des actions du corps, priué de cest argent:
Ce metal est l'esprit, qui donne à nos arteres
Le vital mouuement & appaise ses fieures.

    C'est ce qui donne aux nerfs vn esprit animal,
Enuoyé du cerueau par l'argenté canal
De l'espine du dos: c'est ce qui donne aux veines

La chaleur & le sang, sont ces viues fontaines,
C'est le cerueau le foye, & le cœur des humains,
C'est la vie & le sang de nos plaisirs mondains:
C'est le premier mobile, & la dixiesme sphere,
Qui donne à nos plaisirs la roüante carriere,
C'est ce qui faict mouuior la roüe & les reßors,
Le secret des secrets, & l'accord des accors:
  Argent est le Piuot, l'Archoutant & le Pole,
C'est ce puißant Atlas, qui de sa forte espaule
Va soustenant le Ciel de nos contentemens,
L'Elixir resultant de tous les Elemens
Des plaisir, d'icy bas : Ciel dont les influences
Departant à nos cœurs mille resiouyßances:
Vray Soleil des humains , qui esclaire nos yeux,
Sainct Ange Raphaël , qui nous guide en tous lieux,
Diuin charme-soucy , oste-soin , chaße-peine,
De toutes voluptez , la source & la fontaine.
 C'est pourquoy noᵘ lisõs qu' vn certain iour les Dieux,
Pour monstrer leur grandeur, sortirent orgueilleux
Des planchers azurez, portant dedans leur dextre
Les armes & trophee, où chacun est adextre:
Le Dieu Tonnant Iupin son clair foudre monstroit,
Et l'iuuincible Mars sa lance en main branloit:
Ce deuoreur d'enfans, ce viel songeard Saturne,
Fist monstre d'vne Faux, & d'vn Trident Neptune:
Mercure vn Caducee, vne Lyre Appollon,
L'Arc, la Trousse, & les Traicts, l'Archerot Cupidõ
Son Vignoble Bacchus, & Ceres ses Campagnes,

Le Dieu Pan ses forets, les Muses leurs montagnes,
Hercule sa Massüe, & Pallas son Pauois,
Sa Coquille Venus, Diane son carquois:
Mais tout incontinent qu'ils eureut veu la terre
Ouurir ses larges flans dans lesquels elle enferre
Tant de riches trefors, ils furent tous efpris
D'vn defir de iouyr de ce metal de pris:
De cet or iaunissant chacun veut qu'on luy donne,
Le puissant Iupiter en dore sa couronne,
Son trosne & son Palais, & sa cuirasse Mars,
Sa picque & son espee, & Cupidon ses dards,
Neptune son Trident, son caducee Mercure,
Appollon en dora sa blonde cheuelure,
Pallas sa forte lance, & Ceres ses moissons,
Et le reste des Dieux s'en sert en cent façons.

Voyez combien pour l'or Berecinthe on honnore,
Pour ce riche metal chacun des Dieux l'adore.
Il est donc plus puissant que ne font tous les Dieux?
Il dompte les humains, il penetre les Cieux,
Il braue les enfers, il charme le Cocyte.
Se Stix, le Phlegeton, le Cerbere il despite.
Quiconque est donc priué de ce puissant agent,
Auec les Quinze-vingts peut dire asseurement
Qu'il à perdu chetif toute ioye en ce monde,
Et qu'il tombe aueuglé en la fosse profonde
De toute pauureté, s'il n'est illuminé
De ce brillant metal aux mines affiné,
Dont la pritation est vne Estiomene.

Vn chancre à nos esprits, & au corps la gangrene:
    Voyez donc quel malheur au mary malheureux
D'espouser aueuglé, Femme pour ses beaux yeux,
Sans amis, sans argent, pauurette & disetteüse:
Et n'est-ce pas creuser la fosse malheureuse,
Laquelle doibt en fin ses plaisirs engloutir,
Pour luy laisser apres vn tardif repentir?
    Que reste à cet espoux, sinon soucy pour Page,
Chagrin continuel pour Vallet de Bagage,
Peines, ennuys, soucis, pour Hommes & Vassaux:
Pour Laquais & Gouiats mille espineux trauaux
Et pour Maistre d'Hostel tousiours nette cuisine,
Voila comme le train d'vn pauure Hymen chemine.
    C'est peu que tout cela ce ne sont rien que ieux
C'est bien autre malheur s'ils sont pauures tous deux.
Mais, Lecteur, ie ne veux prophaner ma Satyre
Pour lasche m'amuser à pourtraire & descrire
Les malheurs d'vn Hymen populaire & abiect:
Souz silence ie tais vn si ample subiect,
Ie ne veux point chanter en ces vers Satyriques
L'Hymen infortuné des estats Mechaniques:
Car ce seroit la soye au fleuret meslanger,
Le chanure auec le lin, & l'or au fer ranger.
Ie laisse les malheurs de ceste Populace
Qui de maux souz ce ioug souffre vne milliasse
Pour t'aduertir, Lecteur, des perilleux dangers,
Des bancs & des escueils de ces Nopcieres mers
De ces vents orageux, ces tempestes grondantes.

Ces

Ces boraſques, ces flots, ces vagues eſcumantes,
Prestes à ſubmerger, abyſmer & noyer
Ceux qui vont nauigeant cet Ocean Nopcier,
A grand peine l'on peut eſuiter le naufrage,
Faiſant voille en la mer du faſcheux Mariage:
On court tant de perils, de riſques & hazards,
De vents, de flots, d'eſcueils, & Corſaires pillards,
Qu'a grand peine l'on peut flotter en aſſeurance
Entre tant de dangers, rangez en ordonnance,
Pour taſcher à tous coups de perdre & abyſmer
Noſtre flottante nef au profond de la mer.
Hé quelle eſt ceſte mer ? ſinon le Mariage,
Quels ſont ces Aquilons qui excitent l'orage,
Que la diuerſité de nos compleſtions ?
Qui ſur cet Ocean meuuent cent tourbillons.
Hê quels ſont ces eſcueils qui briſent le Nauire
Par vn choc perilleux, que le cruel martyre
D'vne extreme beauté, qui nous plante à plaiſir
Des cornes ſur le frons en ſoulant ſon deſir.
  Quels ſont ces flots cruels, ces ondes bouillonnantes,
Que l'humeur coleric des femmes arrogantes,
    Quel eſt ce gros broüillas, & la ſombre noirceur
Qui obſcurciſt les airs, que l'inſigne laideur
D'vn front tout bazané d'vne horrible Meduze,
Qui d'vn charmeur diſcours voſtre ieuneſſe amuſe.
    Quels ſont ces Eſcumeurs, Corſaires rigoureux
Que l'on va rencontrant ſur ces flots eſcumeux ?
Que le courage enflé d'vne femme opulente

Qui dedans ces prisons cruelle vous regente
La baguette à la main, vous faisant endurer
Les tourments que feroit vn Corsaire sur mer.

   Quel est le chaud, le froid, & la faim importune,
Que l'on souffre vogant sur ce vaste Neptune,
Loing de terre escartez sinon la pauureté,
Espousant sans moyens femme pour sa beauté.
Contemplez donc Lecteur, combien la destinee,
Nous trame de dangers sur la mer d'Hymenee,
Quel Pilote asseuré, quel expert Nautonnier,
Quel hardy Matelot, quel ruzé Marinier
Se voudra embarquer en mer si orageuse
Pleine de tant d'escueils? Quelle ame hazardeuse,
Quel esprit aueuglé, plein de temerité
Voudra faire flotter sa chere liberté
Sur vn tel Ocean, tout escumant de rage
S'il ne veut s'exposer au peril de l'orage.
Et bref tous les destroicts de l'Ocean du Nord,
Ou ceux qui vers le Sud ont vn funeste abord,
Celuy de Magellan vers le Pole Antarctique,
Ou cil de Gilbatar, dessouz nostre Ourse Arctique
Ne sont point aux Nochers si fascheux à passer
Comme il est dangereux vne femme espouser.

Fin de la Satyre Cinquiesme.

CENSVRE
DES FEMMES.
SATYRE.

SV S, ma Muse, au trauail, c'est trop pris
de relasche,
Il faut recommencer où finissoit ta tasche:
Reprens donc ton pinceau pour peindre
brusquement
Sur ton Nopcier Tableau vn racourcissement
Des malheurs, Maladie, & trauerses fascheuses,,
Qui procedent du hant des Putains Amoureuses,
Car des femmes de bien, ie n'entends point parler,
Leur pudique maintien les fait tousiours briller
Parmy l'obscurité, Ainsi qu'vne lumiere
Qui esclate par l'air, quand dessous l'Hemisphere
Le Delien flambeau, va son tour commencer;
Ie priray seulement les Chastes m'excuser
Si blasmant les Putains tout leur sexe ie blasme,
Bien que le tout s'adresse à l'Impudique Femme;
  Ie sçay qu'on me dira que sans exception,
Ie blasme en General & sans distinction
Le sexe Feminin, A quoy pour repartie,
Ie dis que nous voyons la plus grande partie

De ce sexe mechant le tout en emporter
Qui faict qu'au general, ie me veux raporter
Que tu causes de mal, malheureux Promethée
Ta main est à bon droict sur Caucase atachee
Pour auoir effronté rauy le feu Diuin
Les Dieux pour te punir d'vn si grand larrecin,
Te'nuoyerent çà bas pour tourmenter ton ame
Maladies & trauaux & langeance de femme.
Mais de tous ces Trois Fleaux, celuy qui pl° no° nuit
C'est la femme, Animal des grands Dieux introduit
Pour punir les Humains icy bas sur la Terre,
Et leur faire à iamais vne cruelle guerre:
Ce Sexe sont les fers, les gesnes & cordeaux
Les Cathots, la Prison, & les cruels Boureaux
Qui des Dieux iritez exercent la Iustice,
Pour punir les Humains adonnez à tout vice;
Ce sont les instrumens, les foudres Punisseurs,
Qui vengèt des grands Dieux les bouillantes fureurs
Il semble touteffois, que c'est la bonté mesme,
La Chasteté, l'honneur, la sagesse supresme,
La gloire & l'ornement de tout le genre humain,
Le comble des souhaits, & le bien Souuerain,
Le plaisir des plaisirs, delice des delices,
La douceur des douceurs, blandice des blandices,
La craime & l'Elixir de toute volupté,
Et le centre parfaict, d'heur & felicité:
Mais ce ne sont (Lecteur) que Pipeuses Syrenes,
Qui ont moitie du Corps, comme formes humaines

Et tout le reste n'est, qu'vn Poißon Monstrueux
Qui nous vient deceuoir, soubs vn front gratieux;
Leur cœur n'est rië que fiel, rien que miel leur visage,
Qui soubs vn calme doux, presage vn grand orage,
Soubs la vermeille fleur, de leur teinct amoureux
Se traine bien souuent, le Serpent cauteleux;
Soubs la viue clarté, de leurs flames iumelles
Et dans lesclair brillant, de leurs chaudes prunelles
Se cache la fureur, du foudre rougißant,
Qui d'vn malheur prochain va l'homme menaßant,
Et comme on void l'esclair preceder ie tonnerre,
Qui sur nous quelquefois sa cholere desserre :
De mesme, apres l'esclair eslancé de leurs yeux,
Tombe soudain sur nous vn foudre impetueux.
De malheurs infinis, comme Verolle, Chancres
Qui brizent nos Amours, & les mettent en cendres.
    Et bref souz la beauté, la grace, & les attraits,
Des femmes, sont cachez, Serpens, foudres & traits,
Elles sont à bon droict comparees à ces Temples
Des noirs Ægyptiens, lesquels si tu contemples
Seulement par dehors, rien n'est si sumptueux,
Mais dedans on n'y void qu'vn Cocodril affreux,
Rië qu'vn Bouc, ou vn Chat, vn Singe, vne Cicoigne
De mesme on est trompé, au nez & à la troigne,
A l'extreme beauté, du Sexe fœminin,
Qui porte souz vn front mignard & Adonin
Vn Idole de Bouc, puant de Paillardise,
Vn larmeux Cocodril tout remply de faintise

Vn cendreux Chat de Mars, dont l'ongle rauisseur
Grifferoit vn Amant en sa chaude fureur,
Et vn Singe inconstant, Patron de l'inconstance
De ce Sexe inconstant, sans foy ny asseurance.

    Ie dis encore vn coup, ce sexe malheureux
Estre bien comparé, au Cocodril larmeux,
S'il veut piper quelqu'vn, lors il iette des larmes,
Pour donner puis aprés, de cruelles alarmes
A ceux là, qui deceus, par ses larmoyans yeux,
Se laissent engloutir à ce Serpent hideux:
Tout de mesme les Pleurs, & les souspirs des Femmes,
Ne s'espandent sinon, que pour tromper nos ames,
Leurs souspirs simulez, leurs hypocrites pleurs,
Sont les vrays instrumens, & les foudres vengeurs
De leur ardent Couroux: Sont les rudes machines
Les Ministres certains, de leurs cruelles haynes
Sont les ruzes, les traicts, dont la Femme se sert,
Pour mettre sa Traison, & sa hayne à couuert,
Si que par tel moyen, il n'est ny Dieu ny Diable
Qui ne soit appipè & rendu miserable.

    La femme est vn venin gastant les facultez
Engourdissant les sens, changeant les qualitez
De nos temperamens, si qu'vn Melancholique
En deuient furieux, fougueux; & Cholerique,
Et l'Amoureux Sanguin tout fantasque & pensif
Pasle, morne, Plombé, triste & contemplatif.
Le Phlegmatiq changé en humeur bilieuse,
Voyez donc si la femme est pas vne charmeuse,

De metamorphoser nos quatre Qualitez,
Pour les renger du tout, selon ses volontez
Elle corompt nos sens tant internes, qu'externes,
Amusant la raison par mille baliuernes,
L'Imagination & la Memoire aprés
Puis aux autres venant ainsi que par degrés,
Elle obscurcist les yeux, elle gaste l'ouye,
Corompt nostre odorat, & chose non ouye,
Elle oste l'appetit, le goust elle amoindrit,
La Vieillesse aduançant, elle fait qu'il s'aigrit,
Elle oste le plaisir du toucher delectable,
Engourdissant les nerfs qui le rendent palpable :
    Somme l'homme excessif aux esbats de Cypris
Encourt tous ces malheurs : Mais ce n'est rien au pris
De cent afflictions, de mille maladies,
Que Nature aux Amans, a tramees & ourdies,
Comme les cruditez, palpitement de Cœur,
Debilité de nerfs; des iointures douleurs,
Syncope, Mal Caduc, qu'on nomme Epilepsie,
La Vertige, l'Incube, & la Paralysie,
Le Catherre fluant, le Spasme conuulsif,
La Lhetarge, & Caros des nerfs stupefactif,
L'Aimoragie du nez, la froide Apoplexie,
La Migraine, Schynante, & iaune Caquexie,
Foiblesse d'estomac, Colique, Inflation,
Le Schyrre bilieux ioint à l'obstruction
Du Foye, & des Poumons la crachante Phtysie,
La rougeastre Ostalmie, & Pasle Hydropisie,

L'extreme puanteur de la bouche & des dens,
Le visage abatu, les yeux cauez dedens,
La Podagre cruelle, & Goutte Schiatique,
Le mal Melancholic, la douleur Nephritique,
Le Chancre cauerneux, Liuide noircißant,
La lasche Gonorrhee, au venin blanchißant,
Qui sans ceße coulant des Vaißeaux Spermatiques,
Debilite nos corps, & les rend tous Ethiques,
D'où naist l'Alopetie ou cheute de cheueux,
Le Tintement d'Ouye, & la foibleße d'Yeux,
Le Satyriasis ou tendu Priapisme,
Et la Verolle encor de tous malheurs l'abysme.

   Bref la femme fanist les fleurs de la santè,
Enfarine le front, rend l'esprit hebeté,
Le corps lasche, pesant, terrestre & cacochyme,
Pour auoir effleuré l'Elixir & la craime,
De l'humeur Radical, le sang, & les esprits,
Au Sperme contenus, Thresor de si grand pris,
Qu'il est de nostre corps comme la Quinte-essence,
Qui de nos Quatre humeurs resulte & prent naißãce.

   Le Sperme blanchißant est donc le vray ciment
Qui en bonne santé, nostre corps entretient,
Conserue la chaleur humide & Radicalle,
Donne aux nerfs la vigueur, & la force totalle.

   Si la femme nous fait dißiper cette humeur
Qui seule retient du tout nostre vie en longueur,
On peut dire à bon droit, qu'elle accourcist la vie,
Puis qu'au ieu de Cypris la substance est rauie

Qui la tient en vigueur, changeant noſtre Printemps
En vn negeux Hyuer, par ſes vains Paſſetemps :
Elle gaſte la fleur de la verte Ieuneſſe,
Deſlore la beauté, aduance la Vieilleſſe,
Elle ride la peau, rend le front farineux,
Iauniſt noſtre beau teint, le plobe & rend ſquameux.

    I'entends quand par excés ce meſtier on pratique,
Dans vn Bordeau laſcif, auec femme Publique,
Non pas quand on l'exerce en toute volupté
Dans le lict Coniugal, auec vne beauté,
Fidelle à ſon Amant, pudique, honneſte & ſage,
Qui peint aux yeux l'hōneur, & la crainte au viſage,
Auec laquelle on peut vſer moderement
Des esbats de Cypris, ſans aucun detriment :

    Mais les femmes qui ſont par trop libidineuſes,
Sont aux hommes cent fois pires & dangereuſes
Que le Cheual Seian, qui rendoit en tous lieux
Ceux là qui le montoient, chetifs & malheureux.

    Quiconque a trop monté ce Sexe plein d'encombre
Encourt tous ces malheurs, dont i'ay deduit le nombre,
Et mille, & mille encor, que s'il falloit conter,
I'entreprendrois pluſtot de pouuoir areſtter
La courſe des torrens, que les pouuoir Comprendre,
Pluſtot ie conterois les Cygnes de Meandre,
D'Athenes les Hybous, & tous les eſcadrons
Des Mouches de l'Egypte, ou bien les Moucherons
De Pize, ou des Luquois, les Scargots de Sardaigne,
Les Sautereaux de Cypre, & les Genets D'Eſpaigne.

Laiſſons donc ce diſcours à nos vieils Medecins
Et pourſuyuons le fil de nos premiers deſſains,
Diſons auec Sainct Iean, ſurnommé Chryſoſtome
Que de tous les malheurs la femme eſt l'Epitome,
Qu'elle eſt de l'amitié, naufrage perilleux,
Domeſtique danger, tourment ſolatieux,
Vn mal tres neceſſaire & peine ineuitable,
Plaiſante affliction, & malheur ſouhaitable
L'Enfer de nos eſprits, le Paradis des yeux,
Lymbe de tous ennuis, Tombeau des Amoureux,
Purgatoire aſſeuré des bourſes plus peſantes
Repurgees & netyës aux flammes plus ardantes,
Et aux cuyſans fourneaux de ce Sexe Amoureux,
Qui droict à l'Hoſpital rĕd l'homme côme vn Gueux.

Eſcoutez Salomon qui nous dit & aſſeure,
Qu'il ayme beaucoup mieux eſlire ſa demeure,
Au milieu des foreſts entre les fiers Lyons,
Les Serpens venimeux, les Ours, & les Dragons,
Pluſtoſt qu'en la maiſon d'vne femme meſchante,
Qui de ſon noir venin, la plus chaſte ame enchante,
On ne peut de ſes rets, non plus ſe retirer,
Que l'oyſeau pris au glu ſe penſant depeſtrer.
Toute meſchanceté, toute ruze & malice
Eſt petite au regard du ſubtil artifice
De la fainte traiſon du ſexe Feminin;
Le Napelle n'eſt point vn ſi cruel venin,
Le Smilax ſemmeilleux, la froide Mandragore,
L'eſtouffante Ciguë, & le Toxique encore,

Qui rend par ses effets l'homme tout furieux,
Ne sont pour leurs venins si tres-pernicieux
A nos chetifs humains, qu'vne meschante femme,
Laquelle auec le corps, fait souuent perdre l'ame.

    Euripide disoit, que ce sexe imparfaict,
Pour la necessité seulement estoit faict
Affin d'entretenir nostre humaine nature,
Et de luy nous seruir ainsi que de Monsture,
Ou comme à passer l'eau, de barque nous vsons,
Des femmes au besoin, ainsi nous nous seruons,
Mais du torrent d'amour, ayant passé la rage,
Nous r'enuoyons bien loin la Nacelle au riuage,
Sans la priser en rien que par necessité:
De mesme nous vsons par importunité
Des femmes, pour passer le torrent de ce Monde,
Remply de tant de flots de volupté immonde,
Qu'à grand peine l'on peut passer sans naufrager,
Et le vaisseau souuent, faict l'homme submerger.

    L'homme est d'oc à bo droict, accort, prudent & sage
Qui peut passer à nud, ce fleuue tout à nage,
Sans se seruir, s'il peut, du Feminin bateau,
Qui peut au moindre vent, nous renuerser dans l'eau
    O vaisseau dangereux; ô Barque perilleuse?
Heureux qui peut passer la riuiere orageuse
De l'Empire mondain, sans s'embarquer sur vous,
Et monter vostre Esquif, qui nous hazarde tous,
Nous y sommes contrains, necessité nous force,
Car tous de bien nager n'ont l'adresse & la force

Il faut bon gré, malgré sur ce sexe monter
Qui nous faict bien souuent perdre & precipiter.
    Encore si l'Esquif, Barquerot ou Nacelle,
Ne seruoit qu'à vn seul : Mais ce Sexe infidelle,
Inconstant & leger, s'abandonne souuent
Au premier qui demande à passer le Torrent
Des amoureux Plaisirs : Ainsi qu'au bord de Seine
Nous voyos à Paris vne flotte certaine
De Vaisseaux atendans auec leur Batelier;
Si quelque Courtisan, Marchand, ou Escolier,
Conseiller, President, ou tel qu'on voudra prendre
Viendra pour passer leau, dans leur Barque descendre,
Affin de le guider soudain à lautre bort,
Et luy faire payer argent du passe-port :
    De mesme nous voyons tant de bonnes Commeres
En seruant de Bateau se rendre merceneres,
Et mettre leur honneur, comme on dict, à L'encan
Pour gaigner vne Cotte, ou vn riche Carcan,
Vne bourse au mestier, des gands en broderie,
Vne Bague vn Collet, ou autre brauerie,
Ainsi pour piaffer, & s'asouuir d'amour,
Le bateau fœminin faict maint tour & retour,
Tantost de-çá, de-la, de riuage en riuage,
Pour seruir aux Amans en l'amoureux passage,
Et soit que par Hymen, quelqu'vn ait acheté
Vn Vaisseau pour luy seul, a sa necessité
Pour trauerser d'Amour la riuiere escumeuse,
Si est ce quelquefois, que la barque amoureuse

Se rend commune à tous, guydant iournellement
Cil qui s'offre à passer, en baillant de l'argent.

A bon droict donc disoit le Pere de famille,
(Auquel on reprochoit d'auoir donné sa fille
A vn sien ennemy) qui n'eust sceu faire mieux
Pour se pouuoir venger de son plus grand hayneux
Que luy auoir donné sa fille en mariage,
Afin de l'engager en vn cruel seruage,
Tourmenter son esprit en tout genre d'excés,
Car on tient qu'vne Mulle, vne Femme, vn Procés,
Ont estè de tout temps, trois dangereuses bestes
Qui iointes en vn corps, font vn Hydre à trois testes
Dont l'vne estant couppee, ausi tost renaistront
Deux, ou trois, en son lieu, qui touſiours reuiendront
Desracinez l'erreur d'vne femme obstinee
Cent, & cent renaistront dans son ame adonnee
A la meschancetè, c'est sans fin vn labeur.

Auez vous vn arrest, qui vous semble bien seur,
Vous estes estonné, que vous voyez renaistre
Mille nouueaux procez prenant essence & estre
De vostre Arrest donné: C'est cét vnique Oyseau
Qui renaist de sa cendre, ou vn gay renouueau
Qui touſiours reuerdist : Bref procés n'a fin nulle;
Auez vous pour monture vne fantasque Mulle,
Que vous ayés forcee à passer vn destroit,
C'est à recommencer dés le premier endroit,
C'est vn trauail sans fin, sans limite vne peine,
Qu'vne Mulle, vn Procés, vne Femme mondaine,

C'est vn Hydre testu, qui meriteroit bien
Pour le vaincre trouuer le Prince Almenien.

  Encore d'vn procez, d'vne Mulle ombrageuse
On peut tirer raison: Mais de femme amoureuse
Nul homme, eust il des Dieux la force & la faueur
Ne se peut pas vanter d'en estre le vaincœur.

  Les charbons alumez donnent des estincelles,
L'impureté de l'eau les lentes escroüelles
L'infection de l'aer la Peste, & les Bubons,
La terre les Aspics & siflans Scorpions:
Mais ce Sexe peruers, ceste maudite engeance,
Ne produit rien que feu de la concupiscence,
Qu'vn Torrent putrefait, d'impudiques desirs,
Qu'vn aer tout corrompu de lubriques souspirs
Qu'vn corps plain de Serpës de voluptez mondaines
Regorgeant de poison de mesdisances vaines:
Circes qui vont charmant les esprits des humains,
Acherontides Sœurs qui portent en leurs mains
Les Couleuureaux retors, & les torches flambantes
De la diuision; qui comme Coribantes
Courent sans nul repos apres la volupté,
Sans se saouller iamais de la lasciueté:
Plustost lasser cent fois, qu'assouuis de Cyprine
Qui espuise le sang, & nos esprits ruine.

  Mais quelqu'vn me dira, que la femme entretient
De nostre Indiuidu, l'espece & la soustient,
Qu'elles nous ont conceus, & mis tous en lumiere,
Fournissans de leur part le sang & la matiere.

Dont nous fomes nourris, dans leur ventre Neuf Mois
Partant que c'est mal faict, de ietter tant d'abois
Contre ce sexe heureux, qui nous a mis au Monde:
Mais Lecteur c'est en vain que la femme se fonde
Sur ces vaines raisons, pour deffendre son droict:
Car nous voyons souuent en maint & maint endroit,
De l'Espine pointuë, vne fleur belle esclore
Et du Rosier picquant la rose qui decore,
Nos iardins esmaillez : Et des herbiers puans
Naissent iournellement les beaux lys blanchissans:
Femme ne soiez donc pour cela glorieuse,
Le Napelle puant, herbe fort venimeuse,
De sa tyge produit vne agreable fleur,
Vous ne deuez donc point, tant enfler vostre cœur,
Car de vous nous naissons comme fleurs odorantes
Que l'espine produit, & les herbes puantes,
Sans tirer rien de vous que le nourissement :
Qui vous sert puis apres pour le contentement :
Que seriez vous sans nous ? sinon arbres sterilles ?
Fraisles ioncs inutils ? fougeres infertilles?
Sans nous vous ne pourriez iamais produire fruict,
Nous vous causons ce bien qui souuent nous destruict:
Car en vous fœcundant, la vitalle semence
S'escoulant de nos corps, les met en decadence,
L'homme en se consommant soy-mesme se produit,
Femme, ie ne sçay donc quel erreur vous conduit,
De dire que de vous nous empruntons nostre estre,
Au contraire c'est nous qui vous donnons le naistre,

Lors que par le moyen des esprits Animaux,
Vitaux, & naturels, conduits par six vaisseaux,
C'est à sçauoir deux nerfs, deux Arteres, deux Veines
Qui tous remplis d'Esprits puisez de leurs fontaines,
Et versés au coit dans le champ fœmenin,
Puis meslés en apres auec le sang benin,
Agissent pour former la matiere confuse
Dont est faict l'Embryon, Duquel l'ame est infuse,
Creée en vn moment, des mains du Tout puissant:
Ce que donc les Esprits de l'homme vont formant,
Ne s'entend point icy de forme essentielle
Laquelle vient du Ciel; mais bien materielle.
  Ie ne veux pas pourtant, nier comme menteur,
Qu'en soy la femme n'ait vne humide chaleur
Qui excite l'Agent, à tirer vne forme
De la masse confuse, & la matiere informe:
Mais l'Agent est tousiours plus que le patient;
Femmes vous ne prestés que l'ouuroir seulement
Ou trauaille l'Agent, à former ses ouurages,
Vous fournissés le lieu, & nous les personnages
De cet Acte diuin de la formation,
Qui seul à l'homme est deub pour sa perfection,
Qu'il puise entierement de la diuine Essence.
  Femmes rabaissés donc vostre fiere arrogance,
Car nous seuls possedons l'heur que tant vous vantés;
Et rien vous ne formés que des meschancetés,
Semblables en humeur à l'Astre de Saturne,
Dont l'Aspect ne produit que Monstres d'Infortune:
                                          Salomon

Salomon mesme a dit, que l'homme mal-faisant
Meritoit beacoup mieux que femme bien faisant,
Qui monstre assez combien leur puissance est petite :
Puis que l'homme au mal-faict gaigne plus de merite
Qu'vne femme n'en peut, obtenir au bien-faict,
Car de mauuaise cause il ne sort bon-effaict :
Rien que meschanceté ne sort de leur boutique,
Et rare est le bien-faict qu'vne Putain pratique :
C'est miracle nouueau que de l'impureté
Puisse naistre & sortir, la nette pureté.

    Iob ce parfaict miroüer de toute patience,
Ne peut estre vaincu en sa ferme constance
Par ce ruzé Sathan, pour le persecuter,
Sa seulle Femme en fin le sceut vaincre & dompter,
Le feist presqu' offencer, murmurer & se plaindre,
Ce que Sathan sur luy, n'auoit onq peu attaindre :
La Femme est pire donc que Sathan Imposteur,
Qui pour tourmenter Iob n'en put estre vaincœur
Par la femme peché, fut introduit au monde,
Par elle nous tombons en la fosse profonde
Des pieges de la mort : Peut on imaginer
Vn mal plus dangereux, que la mort nous donner?

    Et bref si ie voulois raconter par histoires,
Les guerres, les debats, les meutres les miseres,
Les desastres sanglans, les tragiques horreurs,
Les cruels assasins, les traisons les malheurs
Par la femme excitez : Tantost en l'Amerique,
En Europe, en Asie, & par toute l'Afrique.

Somme en tous les Climats de ce large vniuers,
Et mesme iusqu'aux lieux nagueres descouuers;
Ce discours sembleroit pluſtoſt vne Iliade,
Vne longue Æneide, ou vne Franciade,
Qu'vn petit abregè, vn racourciſſement,
Lequel i'auois promis tout au commencement:
I'aurois pluſtoſt nombré tout le ſable d'Aulonne,
Et les fueilles des bois qui tombent en Autonne,
Que de pouuoir conter, tous les malheurs diuers,
Et les maux qu'a produit vn Sexe ſi peruers.
Les Capharez rochers, le chant des Amiclides,
Les Syrtes ſablonneux & les gloutons Caribdes,
Ne ſont pour leurs perils ſi fort a redouter
Que les femmes nous ſont à craindre & éuiter.

   Ie n'entends point pourtant parler des vertueuſes,
Ce discours ſeulement s'adreſſe aux vicieuſes,
Aux laſciues Putains qui pour ioüer du cu,
Gaignent le plus ſouuent le teſton ou l'eſcu,
Afin de piaffer, & ſe faire paroiſtre
Aux lieux plus frequentez, où l'on ſe faict connoiſtre
Comme à l'Egliſe, au Bal, & Banquets ſomptueux,
Tournois, Courſes de Bague, & Theatriques ieux,
Aux marchés Aſſemblées & Feſtes de village,
Ou libres on les void ioüer leur perſonnage,
Le front couuert de fard, pour gaigner des Mignons,
Et prendre dans leurs rets touſiours nouueaux poiſſõs.

   Ou bien à ſes Putains, tant hors qu'en Mariages
Qui riches de moyens entretiennent à gages

Quelque bel Adonis, Ieune Mignon de Cour,
Pour leur donner plaisir & les saouler d'amour,
Qui quelquefois sera caché dans la ruelle
D'vn lict, tousiours au guet, en crainte & en ceruelle,
Sans tousser ny cracher, peur d'estre descouuert
Soit du Mary ialoux, ou de l'Amant couuert :
Ainsi la riche Dame, ou bien Madamoiselle,
Aura pour ses plaisirs son Amant plus fidelle,
Qui durant les iours gras, la conduit aux Balets
Ayant exprés deuant enuoye ses Valets,
Pour aller descouurir le lieu & la fenestre
Où brusle le Falot, pour aduertir leur Maistre,
Qui souz les bras conduit sa Dame dans le Bal,
Où se trouue à propos le ialoux Coriual,
Qui luy fera danser la Courante ou la Volte,
Et au sortir du Bal luy seruira descorte,
Et sur elle exceant les pourtraits D'Aretin,
Gaine le bas de Soye, ou l'habit de Satin,
Les Iartiers dentelés, l'Escharpe en broderie,
Pour contenter d'amour le cul de sa cherie,
Par le moyen duquel il braue, & s'entretient
En habits fort pompeux, sans desbourcer argent.
  Ce n'est dõc, cher Lecteur, qu'à ces fẽmes Publiques,
Et secretes Putains : Non aux Dames Pudiques
Que s'adressent mes vers; Car pour rien leur honneur
Ie ne voudrois toucher comme effronté Menteur.
Ie sçay bien quel honneur on doit porter aux Femmes,
Qui n'ont le cœur attaint des impudiques flammes,

Ie sçay qu'on ne sçauroit assez les respecter,
C'est pourquoy dans mes vers ie le veux exempter
Et garantir du tout, du Satyrique orage,
Leur visage est femelle & masle leur courage,
Et bref leur naturel ne Symbolise point
Auec l'humeur de ceux qu'en ces vers iay despeint:
    Ma Muse que fais tu? tu gaste ton ouurage,
Tu voulois seulement peindre vn petit Paysage
Tout à plan racourcy sur ton Nopcier Tableau,
Pour luy seruir de champ, Et tu veux de nouueau
Au lieu d'vn racourcy peindre vne piece entiere,
Selon le naturel: Ie sçay que la matiere
Restant en quantité, te donne du regret,
Mais en lieu si contraint, sur lechamp d'vn pourtret
Quel Peintre industrieux pouroit toute l'estendre
Veu que tout l'vniuers ne la pouroit comprendre:
Laisse donc ce subiect pour t'employer ailleurs
Contre les Vsuriers, & Paillards decepueurs,
Contre les Berlandiers, Et les gourmands Iurongnes
Cés nez rubicondez, Et ces Bacchiques trongnes..
    Contre vn tas de villains, riches Auares gents,
Qui languissent de fain aupres de leurs moyens.
    Contre le fard trompeur, des lasches Damoiselles
Qui replastrent leurs fronts durcissent leurs mamelles
Reuernissent leur Sein, leur peau vont couroyant
Alignent leurs Sourcils, leurs cheueux vont poudrant
Vermillonnent leurs ioües encroustent leurs visages
Repolissent leur cuir, pour desmentir leurs ages.

Ie veux reprendre encor, les habits des François
Qui changent tous les iours de façons plus de fois
Qu'vn Prothee inconstant, de formes, & figures,
Ou le Chameleon de diuerses peintures:
I'espere mettre au iour, tous ses Tableaux diuers
Despeins au naturel, du pinceau de mes vers.

Fin de la Satyre Sixiesme.

TABLE DES SATYRES
contenus en ce Liure.

Fin de la Table des Satyres
de ce Liure.

Extraict du Priuilege du Roy.

PAR grace & Priuilege du Roy, il est permis à ROLLET BOVTONNÉ marchand Libraire à Paris, d'imprimer ou faire imprimer vendre & debiter vn liure intitulé, Les œuures Satyriques du sieur de Courual Sonnet, Gentilhomme Virois : Et defenses sont faites à toutes personnes de quelque qualité & condition qu'elles soient d'imprimer n'y faire imprimer lesdites œuures dudit de Courual, n'y en vendre & distribuer aucuns autres Exemplaires que de ceux qui seront imprimez ou faits imprimer par ledit BOVTONNÉ durant le temps & espace de six ans entiers & accomplis, sur peine de quatre cens liures d'amende, & de confiscation de tous les Exemplaires, moitié à nous & l'autre moitié audit BOVTONNÉ, ainsi qu'il est plus amplement declaré audit Priuilege, à la charge d'en mettre deux Exemplaires en nostre Bibliotheque, car tel est nostre plaisir. Donné à Paris le vingtseptiesme iour de Feurier l'an de grace mil six cens vingt & vn. Et de nostre regne le vnziesme.

Par le Conseil,

RADIGVES.